義妹が聖女だからと婚約破棄されましたが、私は妖精の愛し子です2

桜井ゆきな

22985

角川ビーンズ文庫

Contents

義妹が聖女だからと婚約破棄されましたが、私は妖精の愛し子です 2
人物紹介
ルイス・モーガン
伯爵家長男で、将来の宰相候補
マーガレット・モーガン
"妖精の愛し子"妖精に愛され、会話ができる

キース

マーガレットの元婚約者

シンシア

マーガレットの義理の妹

カナン

マーガレットの元クラスメイト

ソフィア

マーガレットの元クラスメイト

妖精さん達

くっきー

しょこら

みんと

本文イラスト／白谷ゆう

第1章　会いたいという切ない願い

「マーガレット。今日は楽しんできてください」

「ルイス。ありがとう」

王立学園を卒業してすぐにルイスと結婚《けっこん》してからもうすぐ一年が経《た》つけれど、私・マーガレットは毎朝王宮に行くルイスをモーガン伯爵《はくしゃく》家のメイド長達と一緒《いっしょ》に玄関《げんかん》ホールから見送っている。

「……僕もマーガレットが初めて作るショコラミントクッキーを食べるのがとても楽しみです」

ほんの少し照れくさそうにルイスが言うので、私もついつい照れてしまう。

「……ルイスに美味《おい》しいと言ってもらえるように頑張《がんば》って作るわ」

「ありがとうございます。カナン様とソフィア様にもよろしくお伝えください」

ルイスを見送った後で、私はメイドのアンナに外出用に髪《かみ》をキレイに結《ゆ》ってもらっていた。

（ソフィアのお家《うち》たのしみー）

（マーガレットのショコラミントクッキー食べるー）

（ミント畑の様子を確認《かくにん》せねば）


私がアンナに準備をしてもらっている間中、くっきー、しょこら、みんとの三人の妖精《ようせい》さん達は楽しそうにパタパタとお部屋の中を飛び回っていた。

アンナは、私がモーガン伯爵家に嫁《とつ》いで来た日からずっと身の回りの世話をしてくれているメイドなのよね。シルバー公爵《こうしゃく》家では誰《だれ》も私の世話をしてくれる人はいなくて、すべて自分でやっていたので、私は毎日アンナに感謝しているの。


ちょうどアンナに準備を整えてもらったところで、メイド長がやって来た。

「マーガレット様。キーファ公爵家のカナン様がいらっしゃいました」

メイド長は、ルイスが子どもの頃《ころ》からずっとモーガン伯爵家で働いていて、未《いま》だにルイスのことを『坊《ぼっ》ちゃん』って呼んでいるのよね。ちなみに、初めてそれを聞いた時の妖精さん達はとてもはしゃいでいた……。

（坊ちゃんだってー）

（めがねってば坊ちゃんなのー？）

（坊ちゃん刈《が》りにしてやろうか）


その時のことを思い出してしまい、ついつい笑いそうになりながらも、私はメイド長達と一緒にカナン様の乗っている馬車に向かった。馬車の前に着いたところで、キーファ公爵家の護衛に扉《とびら》を開けてもらい、馬車に乗り込んだ。

「マーガレット様。お気をつけていってらっしゃいませ」

シルバー公爵家では、お母さまが亡《な》くなってから一度もかけられたことのない見送りの言葉を、モーガン伯爵家では皆《みんな》がかけてくれる。そのことに喜びを感じながら、私はメイド長に笑《え》顔《がお》で頷《うなず》いた。

「いってきます」

そのやり取りだけで、誰かに『いってらっしゃい』と言われるだけで、私はとても満ち足りた気持ちになれるの。

「マーガレット様！　お久しぶりですわ！」

馬車の中では、カナン様が笑顔で迎《むか》えてくださった。

「カナン様。お久しぶりです。今日はお迎えに来ていただいて本当にありがとうございます」

「別に通り道だっただけですわ！」

ソフィア様のお家にショコラミントクッキーの作り方を教えてもらいに行くことが決まった時に、カナン様は『どうせ通り道なので私がマーガレット様を迎えに行きますわ！』と言ってくださったのよね。


（カナンが照れてるよー）

（マーガレットに会えて嬉《うれ》しそうー）

（馬車ごと再会のシャンパンで浸《ひた》してやろうか）


初めてお友達のお家に遊びに行く私が浮《う》かれているのと同じくらいに、妖精さん達もとてもはしゃいでいた。


「そのブローチ!!　着けてくださっているのですわね！」

私の胸元《むなもと》のブローチを見て、カナン様はとても嬉しそうに言った。そんなカナン様の嬉しそうな顔を見つめながら、カナン様とソフィア様に誕生日のお祝いをしていただいた日のことを思い出していた。

「マーガレット様。お誕生日おめでとうございます」

「おめでとうですわ！」

十七歳の誕生日の一週間後、学園を卒業して以来約二ヶ月ぶりにソフィア様とカナン様に王立図書館近くのカフェで再会した。

「ありがとうございます。今日は久しぶりにお二人にお会いできることがとても楽しみでした」

お友達に誕生日をお祝いしていただけるなんてとても嬉しくて私は浮かれていた。それにこのカフェは、ルイス様と初めてデートをした場所だ。だから、私にとってはとても素敵《すてき》な思い出の場所なのよね。

「私も今日をとても楽しみにしていました」

久しぶりのソフィア様の笑顔、やはり癒《いや》されるわ。

「マーガレット様にプレゼントがございます！」

相変わらずのカナン様の嵐《あらし》のような勢いも懐《なつ》かしいわ。

「……プレゼント……ですか？」

「これですわ！」

カナン様は、きれいな小箱を私に向かって差し出した。

「お誕生日プレゼントですわ！　……開けてみてくださいませ！」

「……カナン様……。ありがとうございます」

私はカナン様から受け取った小箱のリボンを取って蓋《ふた》を開けた。その中には、青い宝石のブローチが入っていた。

「……これは……」


「……私は、卒業式でマーガレット様の着けていたブローチを『次期宰相《さいしょう》夫人には相応《ふさわ》しくないですわ！』と言ってしまいました……。けれどあのブローチがマーガレット様のとても大切なものだとルイス様に教えていただいたのですわ」


カナン様は申し訳なさそうに俯《うつむ》いた後で、まっすぐに私を見つめた。

「あの時は申し訳ございませんでした。あのブローチは宝物としてこれからも大切に保管なさるべきですわ。なので私からは普段《ふだん》使いできるブローチを贈《おく》らせてほしいのです」

「カナン様。……ありがとうございます。……でも、こんな高価なもの……」

「みくびらないでくださいませ！　私は、自分が渡《わた》したいから渡すのです！　……遠慮《えんりょ》などせず受け取ってほしいですわ」

ほんの少し顔を赤くされたカナン様がとても可愛《かわい》らしくて、私は思わず笑顔になった。

「カナン様。とても素敵なブローチを本当にありがとうございます」

私がカナン様にお礼を伝えると、妖精さん達もとてもはしゃいでいた。

（マーガレットの新しいブローチー）

（マーガレットの宝物が増えてくのー）

（カフェ中にブローチの雨を降らせてやろうか）

「……卒業式でマーガレット様が着けていたブローチは……」

ソフィア様が何かを言いかけたタイミングで、注文していた品が届いた。

「お待たせしました」

店員さんは慣れた手つきで私達の前に紅茶とモンブランを並べて去っていった。

「美味《おい》しそうですわ！」

カナン様の言葉をきっかけに私達は一旦《いったん》会話を止めて、夢中になって紅茶とモンブランを楽しんだ。

「マーガレット様に私からもプレゼントがあるんです」

　モンブランを食べ終わった後でソフィア様が優《やさ》しく微笑《ほほえ》んだ。

「いつものメンバーで心を込めて作りました」

　そう言ってソフィア様は、可愛くラッピングされた五個の透明《とうめい》な袋《ふくろ》をそっとテーブルに置いた。

「ショコラミントクッキー？　でも、この形は……」

「マーガレット様とルイス様に、三人の天使達です」

「……天使？」

「きっと私の妄想《もうそう》なのですが、マーガレット様とルイス様の結婚《けっこん》式の時に、幸せそうなお二人を取り囲んで踊《おど》りながら祝福する天使達が見えた気がしたんです」

（これくっきー!!）

（僕がいるー！　しょこらー！）

（なんとみんなとである！）

　ソフィア様の作ってくださった天使の形のショコラミントクッキーは、くっきー、しょこら、みんとの特徴《とくちょう》を少しずつ捉《とら》えていて、妖精《ようせい》さん達は今まで見たこともないくらいに興奮していた。

くっきー、しょこら、みんと。あなたたちが誰《だれ》かに見えることがあるの？

(私たちは愛《いと》し子にしか見えないよー)

(マーガレットの結婚式の時は僕たちすっごく嬉しくていっぱいいっぱい踊ったのー)

(ソフィアに我らの姿が見えたのは奇跡《きせき》だと思い知らせてやろうか)

「ソフィア様……。もしかしたらまたお庭がミント畑になってしまうかもしれません……」

「庭師も喜びます」

ソフィア様はそう言ってにっこり笑った。

(でもソフィアの他《ほか》にも一人だけいたねー)
(すっごく前に僕たちが見えた人間がいたねー)
(なぜあいつに我らが見えたのか未《いま》だに解《げ》せぬ)

「カナン様。誕生日のプレゼントにとても素敵なブローチをくださいましてありがとうございました」

馬車の中で、私はカナン様に改めて心からの感謝を伝えた。

「誕生日にプレゼントを贈ることは当然ですわ！　とっ、友達なのですから！」

照れたように言うカナン様はとても可愛らしい……それにお友達と言っていただけたことがとても嬉《うれ》しいわ。


カナン様とお話をしていると時間がすぐに流れて、気付いたらソフィア様のお屋敷《やしき》に到着《とうちゃく》していた。


（ソフィアのお家《うち》小さいけど好きー）

（みんなが優しい空気だから好きー）

（今度は屋敷中をミントで埋《う》め尽《つ》くしてやろうか）

みんと！　これ以上ソフィア様のお家をミントだらけにしてはだめよ！

「マーガレット様！　日中から上の空になっているだなんて次期宰相夫人に相応しくないですわ！」

ついつい妖精さん達とお話をしてしまっていた私の耳にカナン様の声が響《ひび》いた。

「カナン様。すみません」

「……なぜ少し笑っているのです？」

「カナン様に苦言を呈《てい》されるのも久しぶりだったので、なんだか懐《なつ》かしくて……」

「なっ⁉　私は、別にマーガレット様を喜ばせるために言っているのではないのですわ！」

ほんの少し赤くなった顔を隠《かく》すようにカナン様は歩みを速めながら言葉を続けた。

「ソフィア様が待っているのですわ！」

そんなカナン様に続いて私も歩みを速めた。

ソフィア様のお屋敷のエントランスには、ソフィア様と、メイドのシャーロットと、執事《しつじ》らしき人物が並んでいた。数年ぶりに再会したシャーロットは、以前とまったく変わらない優しい目を私に向けてくれていて、とても嬉しくなった。

「カナン・キーファ公爵令嬢《こうしやくれいじよう》。マーガレット・モーガン伯爵《はくしやく》子息夫人。本日はお越《こ》しくださいましてありがとうございます」

シャーロットに気を取られていた私だけど、執事のその声を聞いた時、とても不思議な気持ちになった。

……なぜかしら……。とても落ち着く声だわ……。

不思議に思って執事に視線を向けた私の瞳《ひとみ》に、お母さまの形見のブローチとまるでペアのようにそっくりなタイピンが飛び込んできた。

えっ？　どうして？　動揺《どうよう》した私の頭に、オルタナ帝国《ていこく》のおばあ様のお屋敷で執事のガリンさんが言った『マーカスという緑色の瞳をした執事が、それと同じ形の青い色の石のタイピンをいつもしていた』という言葉が響いた。

胸の鼓動《こどう》が速くなるのを感じながら、私は執事のその顔をしっかりと見た。

そのお母さまのブローチと同じ緑色の瞳を見た瞬間《しゆんかん》、切ない希望で私の瞳からは自然に涙《なみだ》が溢《あふ》れ出した。

「マーガレット様！　どうされたのですか？」

執事の横に笑顔《えがお》で立っていたソフィア様が、私の涙を見てとても驚《おどろ》いた声をあげた。

（マーガレット泣いてるのー？）

（嬉しいのー？　悲しいのー？）

（涙は最高のスパイスだと教えてやろうか）

「もしかして先ほど私が厳しいことを言ったからなのですか。あっ、あれはマーガレット様を傷つけたくて言ったわけでは……」

カナン様が、心配そうに私を見つめていた。

自分自身の涙に困惑《こんわく》しながらも必死で、もう一度執事の顔を見つめた。……私の視線に執事は一瞬とても驚いた顔をしたけれど、それでも私に応《こた》えるように、とても真剣《しんけん》な目をして私を見つめ返した。

その吸い込まれそうな緑色の瞳で。

「マーガレット様？　大丈夫《だいじょうぶ》ですか？」

ソフィア様の心配そうな声に我に返った私は、執事から視線を逸《そ》らして慌《あわ》てて言葉を紡《つむ》いだ。

「……ごめんなさい。目にゴミが入ってしまったみたいで……」

「シャーロット。マーガレット様を客間にお連れしてください。私は冷やしたタオルをご用意します」

私の苦しい言い訳に執事がすぐに応えてくれた。

「かしこまりました。マーガレット様、客間にご案内します」

執事の指示にシャーロットもすぐに動き出した。……シルバー公爵《こうしゃく》家で働いていた時と変わらないシャーロットの素早《すばや》い対応にとても懐かしくなった。

「シャーロット……。また会えて嬉しいわ」

「私もマーガレット様にまたお会いできる日がくるなんて夢の様です。……マーガレット様。私は、マーガレット様のおかげで、これまで生きてこられたのです」

シャーロットはとても切実な声で言った。……私のおかげで生きてこられた？　それは、どういう……。

「カナン様は応接室にご案内します。先に紅茶をご用意致《いた》しますので、ソフィア様もご一緒《いっしょ》に応接室でお待ちください」

シャーロットの言葉の重みにほんの少し違和感《いわかん》を覚えたけれど、その違和感はすぐに執事の言葉でかき消された。

ソフィア様とカナン様は、私に向かって心配そうに優《やさ》しい言葉をかけてくださった。

「マーガレット様。お待ちしておりますね」

「体調が悪いのなら無理は禁物ですわ！」


客間に着くと、シャーロットはすぐに私にソファーを勧《すす》めてくれた。

「マーガレット様。すぐにマーカスがタオルをお持ちしますのでお待ちくだささい」

「……マーカス……？」

「失礼しました。先ほどの執事の名前です」


マーカス。その名前に胸が震《ふる》えた。

切ない希望が事実だと確信した私の青い瞳からはまた自然と涙が溢れた。青色は、執事が着けていたタイピンと同じ色で、さらにはお母さまの瞳と同じ色だった。


「マーガレット様⁉　大丈夫でしょうか？」

「シャーロット……。ごめんなさい。大丈夫よ……」

また泣き出した私に驚き、心配してくれるシャーロットに申し訳なく思いながらも、私はどうしても自分の目から零《こぼ》れ落ちる涙を止めることができなかった。

「失礼します。タオルをお持ちしました」

その時、執事が客間に入ってきた。

「シャーロット。ここは私に任せて、カナン様とソフィア様に紅茶をお出ししてください」

「かしこまりました」

シャーロットは心配そうに私を見つめながらも執事の指示に従い、扉《とびら》を開けたまま客間から出て行った。

「マーガレット様。濡《ぬ》らしたタオルをお持ちしました。こちらで目を冷やしてください」

執事はソファーに座る私に向けて跪《ひざまず》いてタオルを差し出した。そのタオルを受け取りながら、思わず決定的なことを聞いてしまいそうになった。

貴方《あなた》は、私の、本当のお父さまですか？

だけど、その言葉を私は必死で飲み込んだ。だって、お母さまの手紙には書いてあったから。

『ダニエル・シルバー公爵は、血の繋《つな》がりのないあなたのことを公爵家の子どもとして届出をしています。

これは犯罪なので、彼はこれからも決して誰《だれ》にもそれを明かすことはないでしょう』

もしも私が真実を聞いてしまったら、元公爵家のお父様が罪を犯《おか》したことが明らかになって、捕《つか》まってしまうかもしれない。色々なことがあったけれど、それでもお父様は私を育ててくれた人だから……。だから、お父様に捕まってほしいだなんて思わない。

だから、私は、どんなに真実を聞きたくても……決してそれを聞いてはいけないのだわ。

……そう思いながらも、溢れる想《おも》いを止められなくて、私は必死で言葉を紡いだ。

「……私が、今着けているブローチは、カナン様からいただいたものです。……私には、ずっととても大切にしているブローチがあって……。カナン様が、それは大切にとっておいた方が良《い》いと……。私が大切にしているそのブローチは……お母さまがとても大事にしていた……緑色の石のついた形見のブローチなんです」

私の必死の言葉に、執事《しつじ》はとても驚いた顔をして、私の瞳をじっと見つめた。

「……もしかしてマーガレット様はすべて……」

だけど、そう言ったまま口を噤《つぐ》んだ。

そんな執事の緑色の瞳《ひとみ》を見ていると私も何も言えなくなってしまったけれど、それでも一つだけ。どうしても一つだけ。私には、いつかもしも本当のお父さまに――十六歳の誕生日にお母さまからの手紙を読んだあの日以降『切ない願いを込めて会いたいと思っていた人』に――出会うことが出来たなら、どうしても一つだけ聞きたいことがあったの。


「……マーカスさまは、今、幸せですか？」

私の本当のお父さまは、今、幸せですか？


「っ!!　マーガレット様は、私の名前をご存じだったのですか？」

「……先ほどシャーロットから伺《うかが》いました」

「あぁ……。そう……ですよね……。失礼しました」

執事は一瞬顔を伏《ふ》せた後で、それでもまっすぐに私を見た。

「……マーガレット様。そのご質問にお答えする前に、僭越《せんえつ》ながら一つだけ私の昔話をさせていただいてもよろしいでしょうか……」

執事は、話している間もずっと私を見つめたままだった。その緑色の瞳を見ているだけで私はまた泣きそうな気持ちになった。

「もちろんです。……マーカスさまのお話をどうか聞かせてください」

躊躇《ちゅうちょ》するように、それでも覚悟《かくご》を決めたように、執事は私から目を離《はな》さずにゆっくりと話を始めた。

「……私には、とても愛する人がいるのです」

その残酷《ざんこく》な現在進行形の言葉に、私の胸の鼓動《こどう》はとてつもなく速くなって、とてつもなく苦しくなった。……お父さまは、お母さまのことは忘れてしまったの？　今は他《ほか》に愛する人が出来たの？

「……その女性は、私とはとても釣《つ》り合わないほど身分の高い方でした。……もちろん彼女と結ばれたいなどと恐《おそ》れ多いことを考えたことは一度もなく、私はただ、彼女の側《そば》で仕えさせていただけるだけで充分《じゅうぶん》だったのです。ただ、彼女が幸せであることを近くで見つめられるだけで充分だと、そう思っていました」

……それはもしかしてお母さま？　もう十数年も経《た》つのに、お母さまはすでにはかなくなってしまわれたのに、それでもお父さまは、今も変わらずお母さまのことを……？

「……けれど、信じられないことに彼女も私を、ただの専属執事に過ぎない私のことを、『愛している』と……。それは、私にとってとてつもないほどの幸福でした。それでも私達が結ばれることは決してありえません。……私は必死で許されない想いに蓋《ふた》をして生きていました。けれど、たった一度だけ、たとえ……たとえそれが過《あやま》ちだと分かっていても、抗《あらが》えないほど……。……たとえ過ちだとしても、私は……彼女を愛してしまったのです。……そのせいで、彼女と二度と会うことはできなくなりました。……彼女は二十代という若さで亡《な》くなってしまいましたが、……私は彼女の最期《さいご》を看取《みと》ることさえもできませんでしたが、……私は彼女をそれでも今もなお何も変わらず愛しているのです」

お父さまはとても真剣《しんけん》な目をして、まっすぐに私を見た。私は、お父さまが今でもお母さまを愛しているという事実がとても嬉《うれ》しかったけれど、反面とても苦しくもなった。

「だけど、お……マーカスさまの幸せは？　わた……子どもさえいなければ、その愛する人と引き離されることもなくずっと幸せでいられたのではないですか？　子どもが出来たせいで、不幸になってしまったのではないですか？　私さえいなかったら、ずっと幸せでいられたのではないですか？」

「マーガレット様っ！」

苦しくて思わず紡《つむ》いでしまった私の酷《ひど》い言葉を取り消すように、お父さまは私の名前を力強く呼んだ。その力強さに冷静になった私の瞳をしっかりと見て、お父さまはとても優《やさ》しく……微笑《ほほえ》んだ。

「私は決して不幸なんかではありません。……彼女は私に言ったのです。……『たとえ過ちだとしても愛している』と告げた私に対して、とても温かい笑顔《えがお》で……」

ねぇ？　マーカス。私達は『過ち』なんかではないわ。だって私は、マーカスと一緒《いっしょ》にいる時だけは自然に呼吸が出来るんだもの。マーカスと一緒にいる時だけは生きていて良かったと、これからも生きていたいと、そう思えるの。だから、お願い。マーカスも『過ち』だなんてどうか思わないで。……誰に何を思われても、これからどんなに辛《つら》いことがあったとしても、どうか、マーカスだけは、私とのことを『過ち』だなんて言葉で切り捨てないで。私はとても幸せだから。マーカスと一緒にいる時は、いつも、どの瞬間《しゅんかん》も、たまらなく幸せだから。こんなに幸せなのに『過ち』のはずがないでしょう？　これからもずっと、いつも、どの瞬間も、私の心にはマーカスがいるの。だから、私はこれからもずっと幸せなの。どうか、それだけは忘れないで。

「……自分勝手な言葉だと思われるかもしれません。身勝手で自分本位な言葉だと。……けれど、彼女のその言葉があったから、私は彼女を失ってからも、自分のことを不幸だなどと思ったことは、ただの一度もないのです。私は一生分の幸せをすでに彼女から与《あた》えていただいたのです」

「……それでも、今のマーカスさまの幸せは……」

お母さまとの思い出だけを糧《かて》に生きているのだとしたら悲しい、と思わず考えた私は呟《つぶや》いてしまった。

お父さまと私はしばらく無言で視線を交《か》わした。

「マーガレット様。私はもちろん今も幸せです。何よりもソフィア様からマーガレット様のお話を聞かせていただけることが、今は一番幸せです」

お父さまは、その言葉通りに、とても幸せそうな笑顔を私に向けてくれた。その笑顔を見ていると、私も思わず笑顔になった。

……たとえ、親子だと名乗ることは叶《かな》わなくても、今のお父さまが幸せなら、私に向かって笑ってくれたなら、それだけで充分だと思えたの。

「マーガレット様。お加減はいかがでしょうか？」

その時、シャーロットが客間に入ってきた。私とお父さまの初めての会話は時間にすると、きっととても短いものに過ぎなかっただろうけれど、それでも私にはとてつもなく大切な時間だった。私は、最後の涙《なみだ》をお父さまから受け取ったタオルで拭《ぬぐ》った。

「シャーロットありがとう。もう大丈夫よ」

そして、ソファーから立ち上がった。


（さっくさくのクッキーが食べたーい）

（ショコラ多めがおいしいよー）

（ミントを増量するのが吉《きち》であろう）


涙が止まった私は、応接室でソフィア様とカナン様と合流した後で、一緒に厨房《ちゅうぼう》でショコラミントクッキーを作った。

私達がショコラミントクッキーを作り始めるまでソフィア様のお屋敷《やしき》を探検していた妖精《ようせい》さん達は、ショコラミントクッキーを作っている間もずっとはしゃいでいた。ソフィア様はとても教え方が上手で、カナン様と私は初めての作業に四苦八苦しながらも、楽しく作ることができた。

「焼き上がりが楽しみですわ！」

「お二人とも初めてとは思えないほどお菓子《かし》作りがお上手でしたよ」

カナン様とソフィア様と一緒に、ショコラミントクッキーの焼き上がりを待っている時間さえも楽しかった。

そんな私達の許《もと》に、焼き上がったショコラミントクッキーを執事《しつじ》とシェフの二人が持ってきてくれて、シャーロットが新しい紅茶を淹《い》れてくれた。

「焼きたてを食べるのは初めてですわ！」

カナン様がとても嬉しそうに言って、私達は一斉《いっせい》にショコラミントクッキーを口に入れた。

「「「とっても美味《おい》しい（ですわ）!!」」」

三人で同じ感想を口にして私達は笑いあった。そんな私達を見て、執事もとても幸せそうに笑っていた。

「えっ⁉　なぜ泣いているのですか？」

ショコラミントクッキーを頬張《ほおば》っていたカナン様が突然驚《とつぜんおどろ》いた声をあげた。……泣いている？　もしかして私の瞳《ひとみ》からまた自然と涙が溢《あふ》れてしまっているのかしら？　と慌《あわ》ててしまった私だけど、カナン様の視線の先には、涙ぐむシェフがいた。

「すっ、すみません。まさか元公爵《こうしゃく》家の料理長様と一緒に開発したお菓子をマーガレット様と一緒に作らせていただけたばかりか、目の前で美味しそうに召《め》し上がっていただけるだなんて夢のようで……」

えっ？　私？　突然のシェフの告白に戸惑《とまど》ってしまった私に向かってソフィア様は優しく言った。

「シェフもマーガレット様のファンなことは知っていたんですが、私が思ってたよりもずっと大ファンだったみたいですね」

（マーガレット人気者ー）

（大ファンがいっぱいいるよー）

（誰《だれ》が一番のファンか競《きそ》わせてやろうか）

「料理長様から相談された時には『クッキーやショコラタルトにも負けず劣《おと》らずなミントを使

ったスイーツの開発』なんて自分にはできないと思っていたんですが、諦《あきら》めないで良かったです」

涙ぐみながらもシェフは晴れ晴れとした笑顔をしていた。

「……クッキーやショコラタルトにも負けず劣らずなミントを使ったスイーツ？」

そんなシェフの言葉に反応したのはシャーロットだった。

「そういえばシャーロットはあの日休暇《きゅうか》でいなかったわよね？　ショコラミントクッキーを作ったきっかけはもともと元公爵家の料理長様の怪談《かいだん》だったの」

ソフィア様はそう言って、料理長との思い出を語り始めた。


「……シルバー公爵家では変わった使用人を雇《やと》っていたのですわね」

ソフィア様の話を聞き終わったカナン様は、どこか呆《あき》れたようだった。そんなカナン様に向かって、シェフは『ごくり』と喉《のど》をならしながら、とてつもなく真剣《しんけん》な顔をして言った。

「シルバー公爵家は、ものすごく給料が良かったらしいんです！」

えっ？　そうなの？　公爵家はそんなに待遇《たいぐう》が良かったのかしら？　と、私が思わず意外に思ってしまっている横で、カナン様は目を丸くしていた。

「貴方《あなた》は何の話をしているのですか？」

あまりに驚きすぎてカナン様が素《す》でシェフに問いかけてしまっているわ。

「シルバー公爵家の給料の話をしております」

まったく怯《ひる》まないシェフに、カナン様がさらに目を丸くして何かを言いかけた時に、ソフィア様の明るい声が響《ひび》いた。

「……我が家は貧乏《びんぼう》男爵家でごめんね」

そんなソフィア様の言葉に、さすがのシェフも顔を引きつらせた。そしてすぐにオロオロしながらソフィア様に縋《すが》っていた。

「いっいえ！　ソフィア様、決してそんな意味ではっ!!　僕はホワイト男爵家で雇っていただけて本望《ほんもう》です!!」

あまりに必死になったシェフを見たソフィア様が楽しそうに笑った。そんな二人のやり取りに、応接室は明るい笑いで包まれた。

明るい空気の中で、私がこっそりとお父さまを見ると、お父さまも私をこっそりと見ていて、目が合った瞬間《しゅんかん》にとても優《やさ》しく笑ってくれた。

それは、お母さまがはかなくなってからの私にとっては、あまりに幸福で、充分すぎるほどに温かい、きっとずっと願っていた本当の家族の時間だった。

第2章　元婚約者との再会

「ルイスにはもう伝えてあるが、オルタナ帝国《ていこく》の皇太子殿下《でんか》とその婚約者の歓迎《かんげい》パーティーが来週王宮で開催《かいさい》されることになった。ルイスとマーガレットさんにもすぐにでも招待状が届くだろう」

ソフィア様のお屋敷を訪ねてから二週間ほどした日の夜に、ディナーの席でルイスのお父様がおっしゃったことに私は少し驚いた。

「オルタナ帝国の皇太子殿下がソルト王国にいらっしゃるのですか？」

そんな私の疑問に答えてくれたのは、ルイスだった。

「はい。今までオルタナ帝国とソルト王国は、留学生などはいたものの国としての交流はほとんどない状態でした。しかし今後は積極的に友好的な付き合いをしていきたいと内々に話をしています。今回の皇太子殿下とその婚約者様のご訪問も、オルタナ帝国からの友好の意思表示であり、ソルト王国でも大々的な歓迎パーティーでお迎《むか》えすることとなっているのです」

「マーガレットちゃんも、お母様の出身国との交流が増えてとても嬉《うれ》しいわよね？」

ルイスのお母様がとても嬉しそうに聞いてくれたので、私も笑顔で答えた。

「はい。とても嬉しいです」

ルイスのお父様とお母様は、私がルイスと結婚《けっこん》してモーガン伯爵《はくしゃく》家のお屋敷《やしき》で一緒《いっしょ》に住み始めた時から、とても良くしてくださった。そして、ディナーだけは必ず家族四人で食べるけれど、それ以外は『新婚生活を楽しめるように』と言って朝食の時間もずらしてくださったりと色々とお気遣《きづか》いくださるのよね。このお二人がルイスのご両親で本当に嬉しい。

(王宮でレオに会えるの楽しみー)

(美味しい食べ物いっぱいあるー?)

(メイン食材を百倍の大きさにして王宮の料理長を驚愕《きょうがく》させてやろうか)

キース殿下が廃嫡《はいちゃく》されてすぐに、レオナルド殿下がソルト王国の王太子となった。そんなレオナルド殿下が大好きなくっきーは、レオナルド殿下に会えることにはしゃいでパタパタと食堂中を飛び回っていた。くっきーったらいつの間にかレオナルド殿下に恋《こい》をしていたのよね。

……それ自体はとても素敵《すてき》なことだとは思うけど……。

くっきー。レオナルド殿下の婚約者のアリス様にいたずらをしちゃダメだからね?

（私そんなことしないよー）

（この前は紅茶をコーヒー味にしてびっくりさせてたよー）

（次は紅茶味のコーヒーを用意してやろうか）

くっきー。いくらレオナルド殿下が好きでも、アリス様にいたずらをするのはダメだって言ったでしょ？

（いたずらじゃないよーアリスがレオにふさわしいか試《ため》してるだけだもんー）

くっきーは涼《すず》しい顔をして、相変わらずパタパタ飛び回っていた。そんなくっきーを見て、私がこっそりため息をついた時、ルイスがとても優しい声で私に話しかけた。

「マーガレット。歓迎パーティーの時には、僕からドレスを贈《おく》らせてください」

「……私に？」

「僕がドレスを贈る相手は、今までもこれからもマーガレットだけです」

ルイスはこうやってご両親がいるディナーの席でもさらっと甘いことを言うので、そのたびに私はとても照れてしまう。

「マーガレットに似合うドレスをずっと考えていたのです。僕は、マーガレットには優しい黄色のドレスが似合うのではないかと思っているのですが……。マーガレットの意見を聞かせてください。……マーガレットの花びらと同じ白色も良いかなと考えたのですが、ウェディングドレスで着ましたので、黄色ならマーガレットの筒状花《とうじょうか》とも同じ色ですし」

「……マーガレットの花……」

「どうかされましたか？」

「……いえ……。誕生日のことを思い出して、懐《なつ》かしくて……」

『マーガレットの花びら』というルイスの言葉で、私は自分の十七歳の誕生日の出来事を思い出した。


ルイス様と結婚して二ヶ月ほど経《た》ったある朝、私が目を覚ますと本来ならありえないことが起こっていた。いつもなら五時四十五分ピッタリに目を開けるはずのルイス様が、五時四十五分よりも前なのに隣《となり》にいないなんて……。何かあったのかしら？

(マーガレットおはよー)

(めがねは今日も眼鏡かけて食堂に行ったよー)

(この屋敷中を眼鏡で埋《う》め尽《つ》くしてやろうか)


くっきー、しょこら、みんと。おはよう。ルイス様はもう起きているのね？　いつもより早いのはどうしてかしら？


(えへへーないしょー)

(今年だけはめがねに一番をゆずるのー)

(なんの変哲《へんてつ》もない今日を最高の一日に変えてやろうか)


妖精《ようせい》さん達の言葉に首を傾《かし》げていると、アンナがノックをして部屋に入ってきた。

「マーガレット様。おはようございます」

「アンナ。おはよう」

「朝の準備をさせていただいてよろしいですか？」

「いつもありがとう」

アンナに準備を整えてもらった私は急いで食堂に向かった。

「マーガレット様。おはようございます。坊《ぼっ》ちゃんがソワソワしながら待っていらっしゃいますよ」

食堂に入ろうとする私に、メイド長が笑って声をかけてくれて、食堂の扉《とびら》を開けてくれた。

「……えっ⁉」

思わず声をあげてしまうくらい私は目の前の光景に驚《おどろ》いた。……ダイニングテーブルの真ん中に、とても大きな花瓶《かびん》が置いてあり、その花瓶の中には溢《あふ》れるほどのマーガレットの花が飾《かざ》られていた。

「……これは？」

「マーガレット様。おはようございます」

マーガレットの花に気をとられている私の前に、マーガレットの花束を抱《かか》えたルイス様がやって来た。

「ルイス様。おはようございます。……この花は一体……」

「僕は、マーガレット様がキース殿下の婚約者でなかったらマーガレットの花束を贈ると言いました」

「……何の話ですか？」

「まさか本当にそんな日が来るなんて思ってもいませんでしたが……。いえ。そんなことを思ってはいけないと、そう思っていましたが……」

「あの……？　ルイス様？」

「マーガレット様。十七歳のお誕生日おめでとうございます」

ルイス様のその言葉で、私は、去年の十六歳の誕生日の後にルイス様とした会話を思い出した。

『ルイス様は、私が公爵令嬢《れいじょう》でなくてもキース殿下《でんか》の婚約者でなかったとしても、お祝いの言葉をくれましたか？』

『……マーガレット様が、殿下の婚約者でなかったのなら、僕は貴女《あなた》にマーガレットの花束を贈っていました』

私が思い出している間にも、妖精さん達やメイド長達が畳《たた》みかけるようにお祝いの言葉をくれた。

（わ〜いマーガレットおめでとー）

（本当はいつもみたいに僕たちが一番に言いたかったのー）

（祝いのシャンパンタワーの頂上で踊《おど》らせてやろうか）

「マーガレット様。おめでとうございます。坊ちゃんが絶対に一番に伝えるとおっしゃっていたのでお祝いの言葉を我慢《がまん》していたのです」

「マーガレット様おめでとうございます。シェフ達も張り切っていますので今日は朝からご馳《ち》走《そう》ですよ」


たくさんのお祝いの言葉をいただいて私は胸がいっぱいになった。こんな……こんな日が来るなんて……。私の誕生日を覚えていてくれて、お祝いをしてくれる人達に囲まれる日が来るなんて……。


「ありがとうございます。私……こんなに幸せな誕生日は初めてです……」

「これからも毎年マーガレットの花束を贈り続けます」

「……まるでプロポーズみたいですね」

「プロポーズとは結婚《けっこん》の申し入れをすることなので、すでにマーガレット様と結婚をしている僕はもうプロポーズは出来ないのです」

「……それは知っています」

「プロポーズはもう出来ませんが、これからも一生貴女のお誕生日を、隣でお祝いすることを約束します」

真顔で伝えてくださるルイス様。初デートの日や、改めてプロポーズをしていただいた日、他《ほか》にも何度も何度も感じたその想《おも》いを私は今日も感じていた。


……なんて愛《いと》しいのかしら。


「坊ちゃん……。大人になって……」

メイド長も私と同じくらい感動しているわ。


（おとな坊ちゃんー）

（坊ちゃんがおとなになると眼鏡はどうなるのー）

（坊ちゃんが大人になったお祝いに眼鏡も巨大化《きょだいか》させてやろうか）

顔を真っ赤にしたルイス様と、優《やさ》しく見守ってくれる使用人達、そして生まれてからずっと私の支えだった妖精さん達。そんな皆《みんな》の笑顔《えがお》を見ているだけで私はとても幸せだった。

お母さまが亡《な》くなってからずっと誕生日は当たり前のように独りぼっちだった。妖精さん達だけが唯一《ゆいいつ》の味方だと思っていた。そして、十六歳の誕生日に私はお母さまの悲しい真実を知った。自分には、この国の『聖女』になる資格なんてないと思った。キース殿下から婚約破棄《はき》されることだって仕方がないのだと思っていた。だから……まさか一年後の誕生日に、こんな夢のように幸せな時間が訪《おとず》れるなんて……。大切な人達にお祝いしていただける誕生日がこんなに幸せなものだなんて……。

「……お母さまが亡くなってから、毎年せめて誕生日くらいは誰《だれ》かから優しい言葉をかけてほしい、と叶《かな》わない期待をしていました。……だけど、今年は今日が自分の誕生日だということさえ忘れていました。……毎日が楽しくて、私にとっては特別で……。だから……誕生日さえ忘れてしまうくらい幸せなんです……」

涙《なみだ》をこらえて必死に言った私の言葉に、ルイス様は嬉《うれ》しそうに笑ってくださった。その笑顔こそが私にとって最高の誕生日プレゼントになった。

「学園での新入生歓迎会《かんげいかい》の時に着ていた……青い色……のドレスは……素敵《すてき》でしたが、優しい黄色のドレスの方が、僕はマーガレットに似合うのではないかと思うのです」

青い色のドレスのことを話す時に、ルイスはほんの少し俯《うつむ》いていた。……どうして悲しそうな顔をしているのかしら？

「もう。ルイスったら、素直に『青いドレスをプレゼントしたのがキース殿下だったから嫉妬《しっと》している』って伝えたら良《い》いのに」

ルイスのお母様がさらっと笑顔でとんでもないことを言うので、私は思わず口に運んだばかりのカレイのムニエルをそのまま飲み込んでしまった。

「なっ!?　僕は嫉妬など……」

ルイスは顔を真っ赤にしてお母様に抗議《こうぎ》をしていたけれど、お母様はルイスの抗議なんてまったく気にせずお父様と笑顔でワインを飲み始めた。

「奥手なところは貴方《あなた》にそっくりね」

楽しくワインを飲んでいたのに突然矛先《とつぜんほこさき》を向けられたルイスのお父様は笑顔のまま硬直《こうちょく》していた。……お母様お強いわ。そしてルイスの奥手なところはお父様似だったのね……。

「マーガレット。僕は本当に嫉妬なんて……。その……。少しだけ切ない気持ちにはなりましたけど、でもそれは……。決して嫉妬などでは……」

(嫉妬めがねー)

(めがねが嫉妬すると眼鏡はどうなるのー)

(嫉妬するたびに眼鏡にひびを入れてやろうか)

真っ赤な顔のまま今度は私に向かって必死で言葉を紡《つむ》ぐルイスに私は思わず笑ってしまった。

「ルイス。ありがとう。黄色のドレスは今まで着たことがないからとても楽しみだわ」

「……これからもずっとマーガレットのドレスは僕が贈ります」

「……ありがとう」

(マーガレットも真っ赤だよー)

(めがねと同じくらい真っ赤ー)

(顔面七色夫婦《ふうふ》にしてやろうか)

オルタナ帝国《ていこく》の皇太子殿下《でんか》と婚約者様《こんやくしゃさま》の歓迎《かんげい》パーティーのためにルイスが贈ってくれたのは、胸元《むなもと》に大きなリボンがついていて、スカートの裾《すそ》がふんわりと広がるとても素敵な黄色のドレスだった。そのドレスを身にまとい、アンナにお化粧《けしょう》と髪《かみ》を整えてもらった私を見たルイスはいつものように顔を少し赤くしていた。

「マーガレット。とてもキレイです」

「……結婚式の日と同じセリフね」

「この気持ちを伝える言葉が、僕にはそれしか思い浮《う》かばないのです。恋愛《れんあい》小説を読んで少しずつ勉強しようとは思っているのですが……」

「あの日と同じようにとても嬉しいの。……だから、恋愛小説で勉強しようとするのは止《や》めて」

「……本当にとてもキレイです」

ルイスにエスコートされながら、私達はメイド長達の『いってらっしゃいませ』の言葉に送られて、馬車に乗り込んだ。

王宮に向かう馬車の中では、ルイスがとても真面目《まじめ》な顔で沈黙《ちんもく》していた。

「……何か心配事があるの？」

馬車に乗るまではいつも通りに見えたけれど、体調でも悪いのかしら？　心配で思わず聞いてしまった私をまっすぐに見て、ルイスは真剣《しんけん》に言った。

「今日のパーティーには、伯爵《はくしやく》家以上の貴族だけが招待されています」

「ええ。ルイスのお父様もそうおっしゃっていたわよね？」

「しかし例外として、唯一キース・ミラー男爵だけは招待されています」

えっ？　……キース男爵って……。

もう二年近く前になるけれど、私に向かって婚約破棄を宣言した元婚約者の顔を、久しぶりに思い出した。私の元婚約者であるキース殿下は、廃嫡《はいちやく》された後に私の義妹《ぎまい》であるシンシアと結婚《けっこん》して、義母の実家であるミラー男爵家を継《つ》いだ。

「……どうしてキース殿……男爵だけが……」

「オルタナ帝国の皇太子であるオリバー・スチュアート殿下は幼少の頃《ころ》から積極的に色々な国に遊学をしていたのです。もちろんそれは今回のように国同士の交流を深めるためではなく、あくまで個人的な旅行という名目であったようですが……。以前ソルト王国を訪れた際にキース男爵とお会いしたことがあり、今回キース男爵はオリバー殿下の友人として招待されています」

「そう……なのね……」

ルイスは一旦《いったん》視線を落とした後で、顔を上げて言葉を続けた。

「……マーガレット。……僕は……廃嫡された後のキース男爵の行動を見ていました……」

「……えっ？」

「……僕には、キース男爵が心から過去の行いを悔《く》いているように見えます」

「……そう……」

「……もちろんマーガレットの気持ちが一番大切です。無理に受け入れる必要はありません。……けれど一度だけ……キース男爵と話をしてあげていただけませんか？」

「……私が、キース殿下と話を……？」

「……マーガレットが嫌《いや》でなければ」

ルイスは、その茶色い瞳《ひとみ》でまっすぐに私を見つめていた。

「……キース男爵が前に進むために……マーガレットとしっかりと話をすることが必要なのだと……そう思うのです……」

「……ルイスは嫌ではないの？　……私が、元婚約者のキース殿……男爵とお話をしても……」

「僕は、マーガレットを信じていますから」

ルイスの言葉に胸の中がじんわりと温かくなるのを感じながら、私はゆっくりと頷《うなず》いた。

（クソ王子もくるのー？）

（元王子だよー久しぶりだねー）

（髪が抜けやすくなるおまじないの成果を確かめてやろう）

えっ？　ちょっと待って。そのおまじないってまだ私がキース殿下の婚約者だった時に言っていたやつよね？　まさかまだかかっているの？　さすがに解いてあげて！

久しぶりにキース殿下で遊べる（？）ことではしゃいで馬車の中を飛び回る妖精《ようせい》さん達を、王宮に着くまでずっと私は必死に説得した。

王宮のダンスホールで開かれたパーティーでは、ソルト王国の王太子であるレオナルド殿下から、オルタナ帝国のオリバー殿下と、婚約者のエラ・アンダーソン公爵令嬢《れいじょう》が紹介《しょうかい》された。

オリバー殿下は、燃えるような赤い髪と、赤い瞳をした、がっしりとした体つきの男性だった。そんなオリバー殿下から半歩下がった場所で微笑《ほほえ》んでいらっしゃる婚約者のエラ様は、銀色の腰《こし》まである長い髪をストレートにたらして、オリバー殿下の髪色と同じくらいに真っ赤なマーメイド型のドレスを着ていた。

美男美女のとてもお似合いの二人の様子に、会場からはため息が漏《も》れていた。

「マーガレット。僕とファーストダンスを踊《おど》っていただけますか？」

ダンスタイムが始まるとルイスが私に向かって跪《ひざまず》いて右手を差し出した。初めて一緒《いっしょ》にダンスを踊った新入生歓迎会《かんげいかい》の時と同じ誘《さそ》い方をしてくれるルイスに、私は思わず笑顔《えがお》になった。

そして、あの時には想像もしていなかった、ルイスとファーストダンスを踊れる喜びを噛《か》みしめながら、その温かい手を取った。

（私たちも踊るのー）

（パタパタダンスだよー）

（いつもより輝《かがや》きを三倍でな）

初めてルイスと妖精さん達と五人で踊った時と同じように、私は今日もダンスをとても楽しいと思った。皆《みんな》と踊っていると、まるで世界中が五人だけになったかのような気持ちにさえなるの。型通りでなくても良《い》い。失敗しても良い。私は私が思うとおりに自由に踊れば良くて、もし転びそうになってもルイスがフォローしてくれる。そんなとてつもない安心感と、周りで聞こえる妖精さん達の楽しそうな声や羽のパタパタ音が、私をとてもリラックスさせてくれた。

ダンスが終わって、ルイスと一緒にフロアに戻《もど》ると、周りの皆様《みなさま》がこちらを輝く瞳で見つめていた。……この感じ、以前にも味わったことがあるわ……。これは……もしかして……。

「踊っているルイス様とマーガレット様の周りがキラキラと輝いていなかったか？」
「私は前にも学園で見たことがあるわ。お二人が踊ると空気が輝くのよ」
「お二人の結婚式の日にも奇跡《きせき》が起こったと聞いたわ」

くっきー、しょこら、みんと。まさかまた……。

（最初にみんとが言ったよー）

（輝きを三倍って言ったー）

（妖精は有言実行だと思い知らせてやろうか）

……確かにダンスが始まる前にみんとがそんなことを言っていたような……。久しぶりのルイスとのダンスが嬉《うれ》しくてつい聞き流してしまっていたわ……。

「ルイス。……目立ってしまってごめんなさい」

「マーガレットも僕とのダンスを楽しんでくれたようで嬉しいです」

なんでもないことのようにルイスは言うけれど、もしかしてルイスは妖精さん達のこととか本当はすべて気付いているのではないかしら……。

でも、今はそれよりも輝く瞳でこちらを見つめている皆様をどうしたら良いのかしら……。

「マーガレット様！　ダンスが学生時代から上達してらっしゃいませんわ！　次期伯爵夫人たるもの日々特訓をすべきですわ！」

その時、カナン様がいつものように大声でやっていらした。その勢いに、学生時代にご一緒だった皆様は『懐《なつ》かしい』という目線に変わり、そうでない皆様は初めての光景に騒然《そうぜん》となり、私達の輝きに関する騒《さわ》ぎは収束した。

「カナン様。いつもありがとうございます」

思わず御礼《おれい》を言ってしまった私にカナン様はほんの少しだけ頬《ほお》を赤く染めたように見えた。

「私は別にマーガレット様を助けたわけではないのですわ！　……もしダンスを上達させたいのでしたら私が教えて差し上げても良いですわ」

「カナン様が？」

「私は妹のアリスにもダンスを教えているのですわ！」

そう言った後でダンスホールで踊るレオナルド殿下《でんか》とアリス様に目を向けたカナン様は、険しい顔をした。

「カナン様？　いかがされました？」

「一旦外させていただくのですわ！」

カナン様は先ほど同様、ダンスを終えられたレオナルド殿下とアリス様の許《もと》に嵐《あらし》のように突撃《とつげき》していった。

「レオナルド様！　アリスはまだダンスは未熟なので、ステップはアリスのペースに合わせるべきなのですわ！」

王太子殿下相手に向かっていったカナン様に、会場中が騒《ざわ》めいた。

「カッ、カナン姉様。レオナルド様に厳しいことを申し上げるのはやめてください」

カナン様の妹のアリス様も驚《おどろ》いてカナン様を止めているわ。

「カナン様。大丈夫《だいじょうぶ》かしら？」

いくらなんでも他国の皇太子殿下の歓迎《かんげい》パーティーで自国の王太子殿下に苦言を呈《てい》するなんて……。

「大丈夫そうですよ」

私の不安を余所《よそ》に、ルイスは涼《すず》しい顔をして言った。ルイスの視線の先を見ると、カナン様に苦言を呈されて落ち込んでいるレオナルド殿下とそんなレオナルド殿下を励《はげ》ますアリス様を見て、オリバー殿下がとても楽しそうに笑っていた。良かった。とても和《なご》やかな雰囲気《ふんいき》だわ。

「それに『カナン様に叱《しか》られたい』という願望を持つ方が、男女問わず一定数いるという噂《うわさ》ですよ」

「……本当に？」

とんでもない情報に思わず笑ってしまった私の目には、カナン様達の様子を楽しそうに見ているオリバー殿下の横で、なんだか上の空になっているように見えるエラ様の顔が飛び込んできた。……大丈夫かしら？　思わず心配になってしまうほど、エラ様の瞳《ひとみ》は不安げに揺《ゆ》れていた。

（レオと遊ぶのー）
（王宮を探検しようよー）
（甘くて美味《おい》しそうな匂《にお》いの正体をつきとめてやろうか）

くっきー、しょこら、みんと。あんまりいたずらしちゃだめよ？

（私たち良い子だもんー）
（いたずらなんか一回もしたことないよー）
（高度な遊びを嗜《たしな》んでいるだけだと気付かせてやろうか）

そう言って妖精《ようせい》さん達は、楽しそうにパタパタと飛んで行った。

「……マーガレット。僕は仕事の挨拶をしてきます」

そう言ったルイスの視線の先には、キース男爵《だんしゃく》がいた。

馬車の中でルイスと会話をした時からキース男爵と話をすることを決意していた私は、ルイスの言葉に頷《うなず》いた。

「……分かったわ」

私の答えを聞いたルイスは、キース男爵にお辞儀《じぎ》をした後で、その場から離《はな》れて行った。キース男爵は、第一王子だった頃《ころ》には考えられないほどの深いお辞儀をルイスに返していた。

……キース男爵……。少しやつれたみたいだわ……。それに心なしか髪《かみ》も薄《うす》くなっているような……後で妖精さん達におまじないを解いてくれるようにまたお願いしなきゃ……。

私がそんなことを考えている間にも、キース男爵は私のすぐ近くまで来ていた。

「……マーガレット様」

「……キース殿……男爵。お久しぶりです」

「妻のシンシア共々ご無沙汰《ぶさた》しており申し訳ございません」

第一王子だった頃には決して使われることのなかった敬語で話しかけられて、私は戸惑《とまど》ってしまった。

「……どうか今までのようにお話しください」

「いいえ。僕はもうただの男爵家当主に過ぎませんので」

「……ですが……。私が落ち着かないので……どうか……」

「しかし……」

「お願いします」

少し考えた後で、以前の口調に戻《もど》したキース男爵は、切実な目をしていた。

「……少しだけ話をさせてくれないかな？」

……婚約《こんやく》していた時には、一度も私に向けたことのない切実な目を……。

「……はい」

私が頷くと、キース男爵はほっとした顔をした。

「……自己満足にすぎないと分かっている。許されるとも思ってはいないよ。それでも僕は、どうしてもマーガレット様に謝りたいと願っていた。……マーガレット様の話を聞くこともせず一方的にシンシアを虐《しいた》げたと決めつけて、婚約破棄《こんやくはき》までしてしまったことを大変申し訳なかったと、廃嫡《はいちゃく》されてからずっと後悔《こうかい》していたんだ」

キース男爵はそう言って私に頭を下げた。

「……顔を上げてください……」

「……本当に申し訳なかった」

「……キース殿下……」

「それなのにマーガレット様は……。シンシアの『聖女の儀式《ぎしき》』の時に、シンシアが力任せに割った『聖なる水晶《すいしょう》』が何事もなかったかのように元に戻るという奇跡《きせき》が起きた。……シンシアは今までずっとマーガレット様を傷つけてきたのに、君は何の躊躇《ちゅうちょ》もなくシンシアを救ってくれた」

「……私にはそんな力はありません。……それにキース殿……男爵が気にすることでは……」

「……僕はこれから、一生をかけてシンシアと向き合っていかなければいけないと思っているから」

さっきまでと同じように切実な顔をしたキース男爵からは、とても強い決意を感じた。

「……あのっ、最近のシンシアの様子は……」

私は、気になっていたことを聞いた。

「……シンシアは、きっとマーガレット様を虐げていた頃から何も変わっていないのだろうね。学生時代の僕には何も見えていなかったけれど……。シンシアは、いつも些細《ささい》なことにも文句ばかり言って、使用人に命令ばかりしているよ」

「……そう……ですか……」

私がシルバー公爵《こうしゃく》家を出てから一年近くが経《た》つけれど、シンシアは何も変わっていないのね。

「……だけどカナン様が、わざわざミラー男爵領まで出向いて言葉をかけてくれたことに対しては、思うところがあったように見えたんだ……」

「……カナン様が？」

「……王子教育しか受けていなかったのに突然《とつぜん》男爵領を継《つ》いで、右往左往していた僕をルイス様とカナン様だけが助けてくれた」

「……えっ？」

突然のキース男爵の思いがけない言葉に私はとても驚いた。……ルイスとカナン様が、キース男爵を助けていた……？　二人とも私にはそんなこと一言も……。

「第一王子時代に僕の周りでおもねっていた人間達は、僕が廃嫡された後には、僕に挨拶《あいさつ》さえしなくなった。それなのに『マーガレットともっと話をした方が良《い》い』と僕に意見を言っていたルイス様と、いつも僕に苦言を呈していたカナン様だけが、男爵にすぎなくなった僕をそれでも助けてくれた。……僕は第一王子として、誰《だれ》の話も平等に聞いて正しい判断をしたいといつも心がけていたのに、結局は自分にとって都合の良いものを選択《せんたく》していたんだと思う。……さっき公衆の面前でカナン様に苦言を呈されたレオナルドが、落ち込みながらも真剣《しんけん》にその忠告を聞いて、二度目のダンスではアリス様のステップに合わせてしっかりとリードしている姿を見て、改めて思ったんだ。……どんな意見もしっかりと聞いて吸収できるレオナルドこそが王太子に相応《ふさわ》しい。……それは僕が廃嫡されなかったとしても、きっといつかは突《つ》きつけられた現実なんだと思う」

「ルイス様は、王宮から地方領地への支援《しえん》という名目で領地経営に詳《くわ》しい人材を派遣《はけん》してくれた。カナン様は、ミラー男爵領まで直接出向いて僕とシンシアに貴族としての心得を説いてくれた」

「……キース……男爵……」

……貴族としての心得？

『どんな苦境でも胸を張りなさい』『常に領民のことを考えなさい』『自分の信念だけは曲げない強い意志を持ちなさい』……言っていることは理想論かもしれない。それでも学生時代にシンシアと僕は、散々カナン様の忠告を無視していたのに……。カナン様はこんな僕達でも諦《あきら》めないでそれでもなお向き合ってくれた」

キース男爵は、ほんの少し嬉《うれ》しそうに俯《うつむ》いて言った。

……さすがカナン様だわ。……私はシンシアに貴族の心得を説くだなんて考えもしなかったもの。

「……僕は、今までシンシアの表面しか見ていなかったけれど、これからはシンシア自身としっかり向き合っていきたい。……カナン様が僕達を諦めないでくれたように、僕もシンシアを諦めないでいたいと思うんだ」

キース男爵はとても力強い目をしていた。

「……キース男爵。これからもシンシアをどうかよろしくお願いします」

私が頭を下げた時、キース男爵は思わず吐《は》き出してしまったというような、とても小さな呟《つぶや》きを零《こぼ》した。

「……だけれど……マーガレットはただの一度さえもシンシアに会いには来なかったね。……もしも……本当にもしも……シンシアがこんなに我儘《わがまま》になる前に……マーガレットが止めてくれたなら……。マーガレットがシンシアを諦めさえしなければ……」

そのキース男爵の本心と思える呟きは、私の心にとても暗い染《し》みを落とした。

けれど、私が言葉を返す前に、私達に向かって大きな声が響《ひび》いた。

「キース！　久しぶりだな！」

それはなんとオリバー殿下だった。オリバー殿下に話しかけられたキース男爵は驚《おどろ》きながらも嬉しそうにしている。

「オリバー！　……殿下。お久しぶりです」

「殿下だなんて水臭《みずくさ》いな。それに敬語なんて止《や》めてくれよ。俺達は友人だと思っていたのは俺だけか？」

オリバー殿下はキース男爵《だんしゃく》の友人と伺《うかが》っていたけど、本当に仲が良いのね。

「こちらの女性は？」

思わずまじまじとオリバー殿下を見つめてしまっていた私に気付いたオリバー殿下が笑顔《えがお》で話しかけてくださった。

「こちらは、ルイス・モーガン伯爵《はくしゃく》子息の奥方のマーガレット夫人だよ」

キース男爵にご紹介《しょうかい》いただいた後で、私はオリバー殿下にご挨拶をした。

「ご挨拶が遅《おそ》くなりまして申し訳ございません。マーガレット・モーガンでございます。後ほど主人と改めてご挨拶にお伺いさせていただきます」

オリバー殿下は一瞬《いっしゅん》だけ真顔になったようにも見えたけれど、先ほどのままの笑みを浮《う》かべていた。……今のは見間違《みまちが》いだったのかしら……。

「ルイスの奥さんということは、キースの元婚約者か？　とても美しいじゃないか！　キース！　もったいないことをしたな」

いきなりのオリバー殿下のとんでもない爆弾《ばくだん》発言に、キース男爵と私は二人揃《そろ》って固まってしまった。何も言えなくなってしまった私達の許《もと》には、またもやカナン様が突撃《とつげき》してくださった。

「オリバー殿下！　いくら他国からの来賓《らいひん》といえど、男女のプライベートに立ち入るのはいただけないですわ！」

「カナン嬢《じょう》！　オルタナ帝国《ていこく》の皇太子である俺にも堂々と意見するなんてさすがだね」

「私は、自分の信念に基《もと》づいて、誰が相手であっても間違っていることは間違っていると言うのです！」

「カナン嬢は本当に面白《おもしろ》いね。キース！　ソルト王国は楽しいな！」

オリバー殿下は楽しそうに笑って、そのままキース男爵と談笑《だんしょう》を始めた。

「カナン様。今日は二回も助けていただいてありがとうございます」

「別に私はマーガレット様を助けたわけではありませんわ！」

「……少しお顔が赤いですか？」

「べっ、別に照れてなんかいないのですわ！」

「……カナン様。キース男爵から聞きました。シンシアのこと、本当にありがとうございます」

「……キース男爵やシンシア様のためではないのですわ。馬鹿《ばか》な領主のせいで領民が不幸になることが許せないだけですわ！　……あのお花畑の頭で、私の話などどこまで聞いているか分かりませんが、私はこれからも定期的に出向いてシンシア様に苦言を呈《てい》してまいりますわ！」

学生時代から変わらないカナン様の強さや優《やさ》しさが私は本当に嬉しかった。

……その分、先ほどのキース男爵の呟きが私の胸を暗くした。

「カナン様に比べて私は……」

思わず呟いてしまった私の言葉をすぐにカナン様は拾った。

「誰かと比べて自分を卑下《ひげ》するなど次期宰相《さいしょう》夫人には相応しくないですわ」

「カナン様……」

「家族だからといって無条件で分かり合えるわけではないのですわ」

「……えっ？」

「私は、自分の両親を尊敬しておりますが、それはただ血が繋《つな》がっているからというわけではありません。私は、お父様とお母様の、私が間違ったことをしたらきちんと正してくださる厳しさと、私が自分自身で反省出来るように見守ってくださる優しさを、尊敬しているのですわ」

家族のことを語るカナン様の瞳《ひとみ》が私にはキラキラと輝《かがや》いて見えてとても眩《まぶ》しかった。

「私が、妹のアリスを手助けしたいと思うのは、ただ血の繋がった妹だからではありません。アリスがいつも正しくあろうと精一杯《せいいっぱい》努力をしていることを知っているから、私はアリスを可愛《かわい》いと思うのですわ」

カナン様の家族への愛情が感じられて、私は少しカナン様を羨《うらや》ましく思った。

「血が繋がっているからという理由だけで無理をして寄り添《そ》おうとする必要などないのですわ。シルバー元公爵《こうしゃく》とシンシア様がマーガレット様にしたことを、『家族だから』という理由で許す必要などないのです。血が繋がっているからといって何をしても許されるわけではないのですわ」

カナン様の言葉は私を励《はげ》ますためのものだと痛いくらいに伝わってきた。

「私は、カナン様とお友達になれて本当に幸せです」

私がカナン様に心からの気持ちをお伝えした時に、すっかりオリバー殿下との会話も以前の口調に戻《もど》ったキース男爵の言葉が聞こえてきた。

「ところでエラ様は一緒《いっしょ》じゃないのかい？」

私は思わず会場を見渡《みわた》した。……確かにエラ様がいらっしゃらないわ。

「ドレスの裾《すそ》が少し汚《よご》れたと言って退出しているよ。すぐに戻ってくるだろう」

オリバー殿下はなんでもないことのように答えた。


エラ様が戻られて少しした頃《ころ》に、ルイスと私は改めてオリバー殿下とエラ様にご挨拶《あいさつ》に伺った。ルイスは、以前オリバー殿下がソルト王国にいらした時にはすでにキース殿下の将来の側近候補となっていたから、オリバー殿下とは面識があるようなのよね。

そして、エラ様は、先ほどの不安そうな顔からすっかり落ち着いていて、なんだか浮かれているようにも見えた。

「ルイス！　相変わらず眼鏡だな！」

「眼鏡は僕の分身なので」

あっ。ルイスの眼鏡くいっが出たわ。妖精《ようせい》さん達がいたら大喜びしてたわね。

「ぶっ、分身……ですか？　眼鏡が？」

あっ。エラ様が少し引いているわ。

「エラ！　俺の言った通りソルト王国には楽しい人間がたくさんいるだろ？」

オリバー殿下《でんか》は、ものすごく笑顔でエラ様に問いかけた。その笑顔を見て、先ほどまで引きっていたエラ様も優しく微笑《ほほえ》まれた。

オリバー殿下とルイスが仕事の話を始めたので、私はエラ様に話しかけた。

「エラ様。ドレスの裾が汚れて退室されていたとお伺いしましたが、大丈夫《だいじょうぶ》でしたでしょうか？」

「えっ⁉」

私の言葉にエラ様はなぜかとても驚《おどろ》いた顔をされた。

「突然《とつぜん》申し訳ございません。先ほどオリバー殿下がそのようなお話をされているのを伺ったので……」

出過ぎた真似《まね》をしてしまったかしら？

「いえ……。ご心配くださってありがとうございます。オルタナ帝国から、公爵家のメイドを連れてきておりまして、すぐに対処したので問題ございませんわ」

「そうですか。とても優秀《ゆうしゅう》なメイドなのですね」

「はい。信頼《しんらい》できるメイドです」

エラ様は頷《うなず》いた。けれど、その顔がほんの少し歪《ゆが》んで見えたのは、きっと私の気のせいね。

私がそんなことを考えてしまっている間にエラ様はなぜか真顔になって私を見つめた。

「……エラ様？　……どうかされましたか？」

「私は、正しく能力を使えない人間を軽蔑《けいべつ》します。素晴《すば》らしい能力は、それを使うに相応《ふさわ》しい人間こそが持つべきです」

エラ様のあまりに突然の言葉に、表情には出さなかったけれど私はかなり戸惑《とまど》った。……突然何の話をされているのかしら？

「ごめんなさい。独り言なので気になさらないで。マーガレット様。貴女《あなた》は私がオルタナ帝国の皇太子妃《こうたいしひ》になることを祝福してくださいますか？」

一転して明るい顔になったエラ様にほんの少し不審《ふしん》なものを感じながらも、私は王妃教育で培《つちか》った、感情を表に出さない完璧《かんぺき》な笑顔《えがお》を作った。

「もちろんです。オリバー殿下とエラ様でしたら、オルタナ帝国はこれからも安泰《あんたい》ですわ」

「ありがとうございます。マーガレット様にそうおっしゃっていただけると励みになります」

答えたエラ様は、私と同じ感情を感じさせない笑顔をしていた。

「マーガレット。久しぶりのパーティーで疲《つか》れていませんか？」

国王陛下の『今後もオルタナ帝国とソルト王国は良き交流をしていく』というお言葉でパー

ティーが閉会となった時に、ルイスがいたわるように聞いてくれた。
「私は大丈夫よ。ルイスこそ疲れてない？」
「もちろん大丈夫です。では、帰りましょうか」
ルイスが手を差し出したので、私もルイスの手を取った。

くっきー、しょこら、みんと？　そろそろ帰るわよ？

妖精さん達に声をかけたけれど、彼らはやってこなかった。……珍《めずら》しいわね？　レオナルド殿下の周りにもいないようだし、どこかで遊びに夢中になっているのかしら？

くっきー、しょこら、みんと。先に帰っているからね？

私は妖精さん達にもう一度声をかけたけれど、やはり返事はなかった。心配だったのに、それなのに、私はルイスにエスコートされてそれでも王宮を後にしてしまった。

第3章　消えた妖精さん達

くっきー、しょこら、みんと！　ねぇ？　どこにいるの？

王宮でのオリバー殿下とエラ様の歓迎《かんげい》パーティーの夜から三日も経《た》つのに、あの日から妖精さん達は一度も私の前に現れなかった。
今まで妖精さん達が夜になっても家にいなかったのは、私が公爵家で初めてお父様の書斎《しょさい》に呼び出された夜、ルイスとの婚約《こんやく》のために活躍《かつやく》してくれていたあの一晩だけだったのに。こんなに帰ってこないなんて……。何か事件にでも巻き込まれたのかしら？　でもあの子達の力で勝てないことなんて……。

くっきー、しょこら、みんと！　ねぇ？　どこにいるの？

もう何回目になるか分からない呼びかけをしたけれど、それでも彼らが私の前に現れることはなかった。

「マーガレット」

くっきー、しょこら、みんと！　ねぇ？　心配だから帰ってきて！

「マーガレット。聞こえてますか？」

ソファーの隣《となり》に座って読書をしていたはずのルイスの声に、私はやっと我に返った。

「ごめんなさい。ボーっとしていて……。もう十時だけどルイスは就寝《しゅうしん》しなくて大丈夫？」

「僕の睡眠《すいみん》なんかよりマーガレットの方が大切です」

「……私？」

「一昨日《おととい》から様子がおかしいとは思っていましたが、昨日は更《さら》におかしくて、今日はもっとおかしいです」

本を持っていたはずのルイスの手が、いつの間にか私の頰《ほお》を包み込んでいた。

「こんなマーガレットは初めてです。惚《ほう》けている時はいつもとても楽しそうなはずなのに、心ここにあらずというような……。こんなに苦しそうに上の空になっているマーガレットは初めてです」

学園の新入生歓迎会で初めてダンスを踊《おど》った時と同じほんの少し冷たいルイスの手が、じんわりと沁《し》みた。

「……私は……」

……だけど、妖精《ようせい》さん達のことを言っても良《い》いのかしら……。そんな私の躊躇《ちゅうちょ》は一瞬《いっしゅん》だった。

「僕ではマーガレットの悩《なや》みを聞くことも出来ませんか？」

不安げに揺《ゆ》れるルイスの瞳《ひとみ》が、とても愛《いと》しかったから。私を心から心配してくれている気持ちが伝わってきたから。だから、私はもうずっと何年もお母さまと二人だけの秘密だった話をすることを決めた。

「赤ちゃんの背中に羽が生えててね、ふわふわ飛んでるの。それは、他《ほか》の人には見えていないから、私はお母さま以外には誰《だれ》にも言ったことはないの」

私の言葉にルイスはゆっくりと頷いた。その顔に驚きがなかったことに私は戸惑った。

「……驚かないの？」

「マーガレットには他の人間にはないような不思議な力があるのではと思ったことは何度もありました。ですが僕からは聞く必要がないと思っていたのです。マーガレットに不思議な力があったとしても、なかったとしても、マーガレットが幸せだったらそれで良いから、と。……ですが心のどこかで、本当はいつかマーガレットの方から話してほしいと思っていたのだと気付きました」

ルイスは、優《やさ》しく自分のおでこを私のおでこにあてた。

「マーガレットが、大切なお母様の次にその話をしてくれたのが僕で、たまらなく嬉《うれ》しいのです」

……あぁ、なんて愛しいのかしら。私はこんな時でさえルイスに対する愛情を感じている。

「……だけど、妖精さん達が三日前からいなくなってしまったの」

「……いなくなった、とは？」

「王宮のパーティーで別れてから帰ってこないの。……今まで一度だってこんなことはなかったのに」

言葉に出したら改めて妖精さん達がいないことを実感して私の身体《からだ》が少し震《ふる》えた。ルイスはそんな私に気付いてすぐに手を握《にぎ》ってくれた。

「……妖精さん達がいないと私は生きていけない」

「……マーガレット……」

「ルイスが好きよ。すごく好き。……だけど、もしも彼らがいなかったら、私はルイスに出会う前に心を失っていたかもしれない。……お母さまがお亡《な》くなりになって、シャーロットもいなくなって、独りぼっちになってしまった時に。……義母から物差しで叩《たた》かれるたびに。……お父様がお母さまのことを義母とシンシアと一緒《いっしょ》になって悪く言うたびに。……シンシアに大切な何かを奪《うば》われるたびに。……婚約者のキース殿下《でんか》に信じて貰《もら》えなかった時に。私はそのすべてにきっと耐《た》えることなんてできていなかった。……私が生きていられたのは、それでも笑《え》顔《がお》でいられたのは、妖精さん達がいつだって私の近くにいてくれたからなの。私の周りを楽しそうにくるくる飛んで笑ってくれたの。私の代わりに義母やシンシアに怒《おこ》ってくれたの。……彼らがいたから……。私は今まで笑って生きていられたの」

くっきー、しょこら、みんと。お願いだから帰ってきて。その笑顔を見せて。


「くっきー様、しょこら様、みんと様を捜《さが》しましょう」

「……どうして妖精さん達の名前を……」

「夢で自己紹介《しょうかい》をしていただきました」

そうだわ。ルイスは妖精さん達から夢の中でお母さまのお手紙を受け取ったんだわ。

「僕からも、マーガレットをずっと支えてくださった御礼《おれい》を伝えたいのです」

「ルイス。……ありがとう」

「皆様《みなさま》が行きそうな場所に心当たりはありますか？」

「レオナルド殿下とアリス様のところにはたまに行っていたみたいなの。……だけど、レオナルド殿下にもアリス様にも妖精さん達は見えないし、それに三日間もずっとなんてことは今までなくて」

「そうですか……」

ルイスは考え込んだ後で口を開いた。

「レオナルド殿下は、オルタナ帝国《ていこく》の歴史に興味があるようなのです」

「……えっ？」

「僕はマーガレットとの初デートの前に、どこに行くのが良いかレオナルド殿下にもご意見をお伺《うかが》いしました。ですから、初デートの後でご報告と御礼をお伝えしたのです」

「……報告？」

「王立図書館でマーガレットがとても楽しそうにオルタナ帝国の歴史書を読んでいたと」

……ルイスったら、まさかレオナルド殿下に初デートのご報告をしていたなんて……。もしかして、ソフィア様とカナン様にもデートの様子をご報告しているんじゃ……。は、恥《は》ずかしすぎるわ……。

「その時にレオナルド殿下がおっしゃったのです。王立図書館の歴史書も十分ではない、と。個人的に集めているから今度マーガレット様にお貸ししようかな、と」

「……レオナルド殿下がオルタナ帝国の歴史書を個人的に集めている……？」

「はい。もしかしたらレオナルド殿下なら妖精様について何か特別な情報をご存じかもしれません」

……そういえばレオナルド殿下には妖精さん達は見えてはいないけれど、それでも妖精さん達に話しかけたことがあったわ。……やはりレオナルド殿下も妖精さん達のことに気付いていたのね。

「レオナルド殿下に謁見《えっけん》のお時間がいただけないか明日確認《あしたかくにん》してみます」

「ルイス。ありがとう」

レオナルド殿下なら何かご存じかもしれない、それに明日になったら何事もなかったかのように妖精さん達がルイスの眼鏡をずらしているかもしれない、そんな期待をして私は眠《ねむ》りについた。

……だけど、やっぱり翌朝も妖精さん達はいなかった……。

くっきー、しょこら、みんと。おはよう！

彼らの明るい声が聞こえなくてがっかりしながらも、期待を込めて精一杯《せいいっぱい》明るく呼びかけたけれど、それでも妖精さん達がパタパタとやってくることはなかった。

「坊《ぼっ》ちゃん。王宮から先触《さきぶ》れが来ておりますのでご確認くださいな」

ルイスと朝食を食べていると、メイド長がルイス宛《あて》の封書《ふうしょ》を持ってきた。

「王宮からですか？」

突然《とつぜん》のことにルイスも戸惑《とまど》いながら、すぐに開封して読んでいた。

「マーガレット。レオナルド殿下が僕とマーガレットに話があるとのことです。……一緒に王宮に向かってくれますか？」

「……レオナルド殿下が？」

なんてタイミングなのかしら。……このタイミングで今まで一度もなかった突然の呼び出しだなんて、妖精さん達の件と関係がないはずないわよね？

「すぐに準備をするわ」


「マーガレット様。突然呼び出してごめんね」

レオナルド殿下の執務室《しつむ》に通されたルイスと私に向かって、レオナルド殿下はいつもの明るい笑顔で言った。紅茶を用意した後でメイド達も下がったので、執務室には私達三人しかいなかった。お部屋の外には、今はレオナルド殿下の護衛になったハンクス様がいらっしゃるのよね。

「とんでもないです」

私はレオナルド殿下に頭を下げた。

「この紅茶はとっても美味《おい》しいからぜひ飲んでみて。アリスのお気に入りなんだけど、僕もとても好きなんだ」

私を和《なご》ませようとしてかレオナルド殿下は優しく話しかけてくださった。……私がキース殿下の婚約者《こんやく》でなくなってからも、レオナルド殿下が王太子になられてからも、レオナルド殿下の私への態度は何一つ変わらなかった。レオナルド殿下のそのお心配りが嬉しかった。

「とても美味しいです」

「良かった」

ほんの少しの間、和やかな時間が流れた後で、レオナルド殿下は真剣《しんけん》な顔になって切り出した。

「オルタナ帝国で、妖精《ようせい》の愛《いと》し子が名乗り出たようだよ」

……えっ？　妖精の愛し子……が？　でも……妖精の愛し子は……。

あまりのことにレオナルド殿下の言葉の意味が理解できずに、私の思考は停止してしまった。

「『妖精の愛し子が名乗り出た』とはどういうことでしょうか？」

固まってしまった私の代わりに、ルイスがレオナルド殿下に聞いてくれた。

「オリバー殿下の婚約者のエラ・アンダーソン公爵令嬢《こうしやくれいじよう》が、『自分こそが妖精の愛し子だ』と宣言したということだよ」

「……エラ様、が？」

「オリバー殿下とエラ様は、パーティーの翌朝にはオルタナ帝国に帰ったんだ。そしてオルタナ帝国に着いてすぐにエラ様は奇跡《きせき》を起こしたようなんだ」

「……奇跡を……？」

「エラ様が皇帝陛下達の前で『皇城を光らせる』と宣言して、しばらくすると本当に皇城が輝《かがや》きだしたということだよ」

皇城が輝いた？

「……それだけですか？」

思わず呆然《ぼうぜん》と言ってしまった私の言葉に、レオナルド殿下《でんか》は笑った。

「マーガレット様。一般的《いっぱん》に考えて皇城が光り輝くということは、妖精の愛し子が起こしたと考えて差し支《つか》えないくらいのすごい奇跡だよ」

……そうよね。皇城が光り輝くなんて通常ありえないことなのに、私ったら妖精さん達が起こしてくれる奇跡に慣れすぎていたんだわ……。

「しかし意味のない奇跡ではありますね」

考え込んでいる私の横でルイスが言った。……意味のない奇跡？

「うん。皇城が輝いたところで国民は救われない。今まで僕達の目の前で起きた奇跡では必ず誰《だれ》かが救われていた。たとえば兄上が輝いた時は兄上が毒から救われた。聖なる水晶《すいしょう》が輝いた時はシンシア様の運命が救われた。オルタナ帝国で大地が輝いた時は飢《う》える直前の何万もの市民達が救われた」

ルイスの言葉を引き取ったレオナルド殿下が言葉を続けた。

「ルイスの言うように、今回の奇跡は誰かを救うためのものではない。ただ自分の力を示したいだけの意味のない奇跡だ」

「しかしそれでもオルタナ帝国《ていこく》では、エラ様が妖精の愛し子だと認められたのですか？」

「うん。皇帝陛下や重鎮《じゅうちん》達は、妖精の愛し子の出現に歓喜《かんき》してすぐに大々的なお披露目《ひろめ》のパーティーを開催《かいさい》するとのことだよ。実は妖精の愛し子出現の報告とパーティーへの招待状が、昨晩ソルト王国にも届いたんだ」

ルイスとレオナルド殿下の会話を聞きながら私はひたすら混乱していた。

皇城を光らせるなんてことが出来るのはきっと妖精さん達しかいないわ。だけど、どうして妖精さん達がオルタナ帝国でエラ様と一緒《いっしょ》にいるの……。どうして……。もしかして、私を置いてオルタナ帝国に行ってしまったの？

「マーガレット様。だけど僕は、エラ様が『妖精の愛し子』であることはありえないと考えているんだ」

「……えっ？」

レオナルド殿下の確信めいたその言葉に私は戸惑った。……エラ様が妖精の愛し子でありえないことは、私にとっては確かな事実だけど、どうしてレオナルド殿下が……。

「オリバー殿下が以前ソルト王国を訪《おとず》れたのは、マーガレット様がまだ兄上の婚約者に選ばれる前、僕が九歳の時だった。オリバー殿下はほとんどの時間を兄上と過ごしていたけど、僕とも少しだけ話をしてくれた。その時のオリバー殿下の言葉が僕にはとても印象に残っているんだ」

そう言ってレオナルド殿下はその時のオリバー殿下の言葉を教えてくださった。


『レオナルド。俺はオルタナ帝国を変えたいと思っているんだ！　今の閉鎖《へいさ》的な体制だと限界がある。もっと他国とも連携《れんけい》して今以上に帝国を発展させたい。一部の私利私欲《しよく》を優先している貴族達を一掃《いっそう》したい。だけど俺にはまだ力が足りない。「妖精の愛し子」が現れて光り輝く奇跡を起こしてくれたらなんて期待したくもなるが、そんな奇跡は起こらないだろうしな。だから俺は、俺自身の力でいつか必ずオルタナ帝国を変えてみせるさ』

「僕が十歳になった時、兄上がお茶会で毒を盛られる事件が起きたよね？　国民の間では『第一王子の起こした奇跡』だと言われていたけど、王宮ではマーガレット様かシンシア様が聖女の可能性が高いと歓喜していたんだ」

その話は、たしかキース殿下との婚約破棄《こんやくはき》の話し合いの時に王妃様《おうひ》もおっしゃっていたわ。

「だけど僕は、その出来事を聞いた時にオリバー殿下の言っていた妖精の愛し子の話を思い出したんだ」

……ソルト王国の王宮が、聖女の誕生で沸《わ》いている中で、ただ一人だけそれをオルタナ帝国の妖精の愛し子と結びつけるだなんて。……さすがレオナルド殿下だわ。なんて聡明《そうめい》なのかしら。

「それからずっと僕は、王宮にあるソルト王国の聖女に関する文献《ぶんけん》と、オルタナ帝国から取り寄せた妖精の愛し子に関する文献を検証していたんだよ。歴代の聖女と妖精の愛し子が起こしたとされる奇跡には、共通点があった。その奇跡が起こる時には奇跡の対象が光り輝くんだ。そしてこの長い歴史の中で、聖女と妖精の愛し子の存命期間は、一度たりとも被《かぶ》ってはいなかった。だから僕は、一つの結論を出したんだ」

レオナルド殿下は、その青い瞳《ひとみ》で私を見た。

「ソルト王国の聖女と、オルタナ帝国の妖精の愛し子は、同じ存在だよね？」

隣《となり》でルイスが息を呑《の》んだ。

……これまでももちろんレオナルド殿下が優秀《ゆうしゅう》なことは知っていたわ。けれど、たった一人で、国としての交流すらなかったオルタナ帝国の文献を検証して、今まで誰も考えもしなかった事実に辿《たど》り着くだなんて……。

「……けれど、どうしてそれを私に問うのでしょうか？」

心の底ではもう誤魔化《ごまか》せないと分かりつつも私は最後の抵抗《ていこう》として、レオナルド殿下に聞いた。

「マーガレット様。兄上は、マーガレット様の妹のシンシア様こそが聖女だからと言ってマーガレット様との婚約を破棄しようとしたよね？　だけどマーガレット様は……」

レオナルド殿下の青いまっすぐな瞳に見つめられた私には、もう誤魔化すことはできなかった。

「……レオナルド殿下のお考えの通りです」

だから、私はレオナルド殿下の言葉に頷《うなず》いた。

「妹が聖女だからと婚約破棄されましたが、私は妖精《ようせい》の愛《いと》し子です」

お母さまと約束をした幼いあの日から私は、自分のことを妖精の愛し子だと名乗る日が来るだなんて思ってもいなかった。

……だけど、今の言葉も嘘《うそ》ではないけれど、私にはもう一つだけ人には伝えられない真実がある。そう。レオナルド殿下に伝えた言葉だけでは足りない、真実が。

もしもいつか、お母さまの形見のブローチとお揃《そろ》いのタイピンを着けた緑色の瞳の執事《しつじ》のことを、本当のお父さまだと言える日が来たなら。そんな奇跡《きせき》みたいな日が来るのなら。

お母さまとお父さまの人生を何の偽《いつわ》りもなく肯定《こうてい》できるそんな日が来るのなら。

その時は、私は何の誤魔化しもなくレオナルド殿下に真実を伝えるだろう。

――「義」妹が聖女だからと婚約破棄されましたが、私は妖精の愛し子です――

だけど今は、私はその言葉をそっと心の中に伏《ふ》せた。

私が妖精の愛し子だと告げても、ルイスと同じようにレオナルド殿下も驚《おどろ》かなかった。ただ心配そうに聞いてくれた。

「妖精は今はマーガレット様の側《そば》にはいないの？」

その言葉は、ソルト王国の利益のためではなく、心から私を労《いた》わってくれての言葉だと伝わってきて、私は本当に嬉《うれ》しかった。

「はい。……オリバー殿下《でんか》とエラ様の歓迎《かんげい》パーティーの夜から……」

「妖精がいなくなった心当たりはある？」

「……それが……まったくありません。私が見た最後までいつもと何も変わらず楽しそうに飛んでいました……」

「マーガレット様は最後に妖精とどんな話をしたの？」

レオナルド殿下に言われて、私は必死にあの夜の記憶《きおく》を辿《たど》った。くっきー、しょこら、みんとは、なんて言っていたかしら？


（レオと遊ぶのー）


「レオナルド殿下と遊ぶ、と」

「……僕と？」

「くっきー……女の子の妖精さんがいて、その子がレオナルド殿下のことをとても……素敵《すてき》だと言っていて……」

「……もしかして、最近アリスの周りで起こっている不思議な出来事は……」

「……大変申し訳ございません」

妖精さん達はやっぱりアリス様にいたずらをしていたんだわ。私はレオナルド殿下に必死で頭を下げた。

「妖精に素敵だと思ってもらえて光栄だよ」

そんな私に、レオナルド殿下は困ったように、だけど照れくさそうに笑ってくださった。

「いなくなる前の妖精は、他《ほか》には何か言っていた？」


(王宮を探検しようよー)


「王宮を探検しよう、と」

「探検している途中《とちゅう》で何かがあったのかな？」

「けれど、妖精さん達は私が王妃教育に通っている時にはいつも王宮を探検していました」

「じゃあいつもと違《ちが》う何かがあったのかな？」


(甘くて美味《おい》しそうな匂《にお》いの正体をつきとめてやろうか)

「あっ！　甘くて美味しそうな匂いの正体をつきとめる、と言っていました」

「いつもとは違う甘い何かの匂いにつられたところを捕《つか》まったのかな……。今までのパーティーと変わったメニューを出すとは聞いていなかったけど……」

レオナルド殿下は真剣《しんけん》に考えていた。そんなレオナルド殿下にルイスが問いかけた。

「妖精の皆様《みなさま》を甘い匂いで呼び出せたところでエラ様には彼らを捕まえることはできないのではないでしょうか？　僕達に彼らが見えないように、彼女にも彼らの姿は見えないのですから」

ルイスの言葉はもっともだわ。妖精さん達は私にしか見えないはずだもの。

「オルタナ帝国《ていこく》から取り寄せた文献の中に、『オルタナ帝国の長い歴史の中で過去に一人だけ妖精の愛し子以外で妖精の姿を見ることができた者がいる』という記述があったんだ」

レオナルド殿下の言葉で、私は妖精さん達と以前話をしたことを思い出した。

「妖精さん達は言っていました！　ソフィア様の他にも妖精さん達が見えた人間が一人だけいたと！　けれど、彼らにもその理由はわからないと言っていました」

あらっ？　レオナルド殿下もルイスもとても驚いた顔をしているけどどうしたのかしら？

私が興奮して突然《とつぜん》話し出したから驚かれたのかしら……。

「マーガレット。待ってください。ソフィア様には妖精様が見えるのですか？」

あっ。それで驚いていたのね。

「違うの。ソフィア様は、いつも妖精さん達が見えているわけではなくて、私達の結婚式《けっこん》の時にはしゃいだ妖精さん達が張り切って踊《おど》りすぎて一瞬《いっしゅん》だけ幻《まぼろし》のように姿が見えてしまったみたいなの。ほら、私が誕生日にソフィア様からショコラミントクッキーをいただいたでしょ？　ルイスの形のショコラミントクッキーを私が食べて、私の形のショコラミントクッキーをルイスが食べたけど、あの他にも妖精さん達の形のクッキーもあったの。皆《みんな》とっても嬉しそうに食べていたわ」

「あのショコラミントクッキーは美味しかったですね。マーガレットにとてもよく似ていて、食べるのがもったいなかったです」

「躊躇《ちゅうちょ》なく頭から食べているように見えたけど？」

「食べると決めたら躊躇なく食べることが、食べ物への感謝であると僕は考えています」

真面目《まじめ》な顔をして語るルイスに思わず私が笑ってしまった時に、何かを考え込んでいたレオナルド殿下が口を開いた。

「マーガレット様。ソフィア様は、妖精の名前を知っているの？」

「妖精さん達の名前ですか？　いいえ。知らないです。妖精さん達の名前を知っているのはルイスだけだと思います」

「ルイスが？」

「はい。僕の夢に妖精の皆様が現れてくださったことがあり、その時に自己紹介《しょうかい》をしていただいたのです」

　レオナルド殿下はまたとても驚いていた。

「妖精は夢の中に現れて会話をすることもできるの？　僕が何年も必死に学んできた『聖女』や『妖精の愛し子』の知識は、結局ただ文献《ぶんけん》を自分なりに解釈《かいしゃく》しただけに過ぎないんだね」

　少し落ち込んだように見えたレオナルド殿下は、それでもすぐに目を輝《かがや》かせた。

「まだまだ僕の知らない事実がたくさんあるんだろうね！　これからそれを知っていくのがとても楽しみだな！」

　そんなレオナルド殿下を見て、私は、パーティーの時にキース男爵《だんしゃく》が語っていた言葉を噛《か》みしめた。

『どんな意見もしっかりと聞いて吸収できるレオナルドこそが王太子に相応《ふさわ》しい』

「脱線《だっせん》してごめんね。妖精の名前を知っているのはルイスだけなんだね？」

「はい。私は妖精さん達のことを誰《だれ》にも話したことはありませんし、妖精さん達が自己紹介をしたのもルイスだけだと思います」

「そうか……」

レオナルド殿下はまた真剣な顔をして考え込んだ。

「けれど自己紹介をしていただかなくても、ショコラミントクッキーを知っている方なら予想はできるかもしれません」

ルイスの言葉にレオナルド殿下は顔を上げた。

「ショコラミントクッキーから予想？　まさか、妖精《ようせい》の名前が、しょこら、みんと、くっきー、とか？　そんなはずないよね？」

冗談《じょうだん》ぽく笑っているレオナルド殿下に、私もルイスも何も言えず顔を伏《ふ》せた。

「えっ？　まさか本当にそんな安易な……」

「ちっ、違うんです！　ショコラミントクッキーから彼らの名前が決まったわけではなくて、そもそも私が名付けたわけでもなくて！　彼らの名前の材料を使ったスイーツをソフィア様達が開発してくださっただけなんです！」

なんだか恥《は》ずかしくなって私は慌《あわ》てて言い訳をしてしまった。私がショコラミントクッキーが好きだから妖精さん達に「しょこら」、「みんと」、「くっきー」と安易に名付けたなんて誤解されたら困るもの。必死に言い訳をする私を見て、レオナルド殿下は楽しそうに笑っていた。

「じゃあソフィア様と一緒《いっしょ》にショコラミントクッキーを開発した人達なら、妖精の名前を想像することが出来る可能性はあるってことだね？」

　ひとしきり笑った後で、レオナルド殿下《でんか》は真剣な顔に戻《もど》って話を続けた。

「ショコラミントクッキーは、ソフィア様と、ソフィア様のお屋敷《やしき》のホワイト男爵家のシェフと、執事《しつじ》、元シルバー公爵《こうしゃく》家の料理長で開発してくださいました。後は先日その話を聞いたカナン様とメイドのシャーロットなら、妖精さん達の名前を予想することは出来るかもしれません。ですが……」

　私の疑問は、ルイスが引き取ってくれた。

「レオナルド殿下。ですが妖精様達の名前を予想することが出来る人間がいることと、彼らがいなくなったことは関係がないのではないでしょうか？」

「そうか。ごめん。肝心《かんじん》なことを話してなかったね」

　一呼吸置いて続けられたレオナルド殿下の言葉に、私とルイスは同時に息を呑《の》んだ。

「僕は、誰でも妖精の姿を見ることが出来るようになると考えているんだ。そしてその条件は、妖精の顔を見つめてその名前を呼ぶことだと思っている」

　レオナルド殿下の推測に私は半信半疑だった。くっきー、しょこら、みんとの名前を呼ぶことで彼らが見えるようになる？　そんなことが、本当に？

「過去に妖精の愛《いと》し子以外で妖精の姿を見ることが出来た唯一《ゆいいつ》の人間は、妖精の愛し子の専属侍女《じじょ》だった。なぜ彼女に妖精が見えるようになったのか理由は誰にも分からなかったみたいなんだ。文献にもその理由は記述されていなかった。ただ、その時の妖精の愛し子は、妖精の分まで侍女に紅茶を用意させてアフタヌーンティーを楽しんでいたという記述があったよ。侍女に妖精の姿が見えるようになる前も、隣《となり》で控《ひか》える侍女が退屈《たいくつ》しないようにあえて声を出して、妖精と侍女との会話を楽しんでいたみたいなんだ。それ以外には、他《ほか》の時代の妖精の愛し子達と違《ちが》った記述はまったくなかった。だから僕は、きっと妖精を見ることが出来る条件はその記述の中にあると考えたんだ」

妖精さん達とアフタヌーンティー？　とても楽しそうだわ！　だけど、私と妖精さん達がアフタヌーンティーをしていたとして、同席している他の方に妖精さん達が突然見えるようになるとは思えないけれど……。

「その条件を僕は、最初は一緒に食事をすることじゃないかと考えた。だけど侍女は隣で控えていただけで一緒に席にはついていない。それじゃあ一緒に食事をしたことにはならないよね？　次に妖精の食事を用意することじゃないかと考えたけど、歴代の妖精の愛し子の中にも使用人に妖精の食事を用意させた者はいた。だとしたら、会話をすること？　でも妖精の愛し子が間で話をしていただけで侍女は実際には妖精とは会話をしていない。そこまで考えて一つの推測をしたんだ。妖精の愛し子が妖精と会話をしていたのなら、きっと侍女の前でも妖精の名前を呼んでいたはずだよね？　侍女は妖精の名前を知っていた。そしてアフタヌーンティーの間なら、紅茶を用意した場所に妖精はいる。他の人間には出来なくてその侍女にだけ出来た可能性のあることは、妖精の顔の位置を把握《はあく》してその名前を呼ぶこと」

妖精さん達の顔を見つめてその名前を呼ぶことで、『妖精の愛し子』でなかったとしても、妖精さん達の姿が見えるようになる。

レオナルド殿下の推測は真実のように思えた。きっとルイスにもそう思えたんだろう。思わずというようにレオナルド殿下に聞いていた。

「その文献の中に妖精の名前の記述はなかったのでしょうか？」

「その文献だけではなく、今まで僕が取り寄せたどんな文献にも妖精の名前の記述はないんだ。まるで不自然なほどにね」

「妖精を見る条件について、レオナルド殿下と同じように推測することは出来ても、その名前を知ることは出来ないということですね」

「だから僕は、エラ様が誰かからマーガレット様の話を聞き出したんじゃないかと思う。妖精の名前のヒントを探《さぐ》るために」

エラ様が？　……だけど……。

「私が妖精の愛し子だということをオルタナ帝国《ていこく》のエラ様が知っているはずがないのではないでしょうか？」

「エラ様のご実家であるアンダーソン公爵家は、過去に妖精の愛し子が生まれたこともある由《ゆい》緒《しょ》ある名家なんだ。そして妖精の愛し子の研究を代々続けている家でもあるんだ」

レオナルド殿下は、ほんの少し困った顔をして言葉を続けた。

「マーガレット様。マーガレット様は二年近く前にオルタナ帝国でありえないほどの奇跡《きせき》を起こしたよね？」

私は妖精さん達が起こしてくれた奇跡を思いだした。『オルタナ帝国が笑顔《えがお》で溢《あふ》れるように』と祈《いの》った私の願いをくっきー、しょこら、みんとの皆《みんな》は叶《かな》えてくれた。

「あの出来事がオルタナ帝国にとって、とても重要な出来事だったことは想像に難《かた》くないよね？」

続けたレオナルド殿下の言葉を拾ったのはルイスだった。

「妖精の愛し子に精通しているアンダーソン公爵家であれば、ソルト王国で聖女の可能性が高いと思われているマーガレットが初めてオルタナ帝国を訪《おとず》れた日に、オルタナ帝国でありえないほどの奇跡が起こったことで、マーガレットが妖精の愛し子だと結びつけて考えてもおかしくはないですね」

「あくまですべては僕達の推測に過ぎないけどね。……だけどもし、マーガレット様の近くの誰《だれ》かがエラ様に妖精の名前のヒントを伝えていたなら、その推測は確信と呼んでも良《い》いかもしれないと考えているんだ」

……誰かがエラ様に妖精さん達の名前のヒントを伝える？　だけど、そんなことをしそうな方なんて思いつかないわ。途方《とほう》にくれる私にルイスが優《やさ》しく言った。

「エラ様がソルト王国に滞在《たいざい》していた期間はわずか三日です。その間にどこかに外出していないか調べます」

とても優しいその声は、優しいだけではなく私にはとても心強かった。

「どちらにしても妖精はオルタナ帝国にいる可能性が高い以上、マーガレット様はオルタナ帝国に行くべきだと思う。ねぇ、マーガレット様？　僕と一緒にオルタナ帝国に旅行に行かない？」

レオナルド殿下と旅行？　突然《とつぜん》大人びたように見えるレオナルド殿下の青い瞳《ひとみ》に見つめられ

て、私ったら思わず顔が熱くなって胸が高鳴ってしまったわ。

「レオナルド殿下。いくらレオナルド殿下でも、マーガレットと二人きりで旅行に行かせることなどできません！」

必死な顔をしたルイスが勢いよくソファーから立ち上がった。そんなルイスを見たレオナルド殿下は、いたずらっぽく楽しそうに笑った。

「ルイスも一緒だけど？」

「取り乱して大変失礼しました」

一瞬《いっしゅん》で冷静になったルイスが、眼鏡をくいっとしながらソファーに座り直した。

「六日後にオルタナ帝国で開催《かいさい》される妖精《ようせい》の愛し子のお披露目《ひろめ》パーティーには、僕がソルト王国を代表して参加することになっているんだ。僕の側近としてルイスを連れていくからマーガレット様はルイスのパートナーとして参加すれば良いよ」

レオナルド殿下の言葉に、ルイスと私は目を合わせた後で、同時に頷《うなず》いた。


くっきー、しょこら、みんと。思えばいつも、私が何もしなくてもあなた達は当たり前のように私の側《そば》にいてくれたわね。いつの間にかあなた達が側にいてくれることが私にとっての当たり前になってしまっていたんだわ。今度は私が、必ずあなた達を見つけ出すから、どうか待っていてね。

「エラ様はソルト王国に滞在中は、常にオリバー殿下《でんか》や護衛達と一緒《いっしょ》でした」

ルイスからの報告に私は思わず眉《まゆ》を寄せた。


レオナルド殿下との会談の後で、私は一人でお屋敷《やしき》に戻《もど》った。ルイスは、いつも通り王宮で執務《しつむ》をしながら、エラ様のことを調べてくれていた。いつも通りルイスのお父様とお母様とご一緒にディナーをした後で、二人で部屋のソファーに座った瞬間にルイスは先ほどの言葉を私に告げた。


「それじゃあレオナルド殿下の推測は違っていたのかしら……」

妖精さん達の居場所に一歩近づけたと思っていたのに……。

「しかしメイドが一人で出掛《でか》けていました」

「……メイド？　……もしかしてエラ様がオルタナ帝国から連れてきたと言っていた……」

「はい。エラ様はソルト王国へは、アンダーソン公爵《こうしゃく》家のメイドを一名同行させています」

「一名しか連れてきていないメイドが、わずか三日間の滞在の間にエラ様の側を離《はな》れて一人で外出を？」

「五日前、歓迎《かんげい》パーティーの前日の朝九時に王宮から退出した記録と、午後三時に入城している記録がありました」

エラ様がとても信頼《しんらい》していると言っていたメイドが、他国でエラ様をたった一人で残して数時間も外出するだなんて不自然だわ。……そうだとすると……やっぱり誰かが……。そこまで考えて私は慌《あわ》てて首を振《ふ》った。

「……自分が嫌《いや》になるの」

「……マーガレット？」

「……今日、王宮から帰ってきてから、ずっと考えてしまっていたの。……誰が、妖精さん達の名前をエラ様に伝えたのかしらって……。どうして伝えてしまったのかしらって……。どうしても悪いことばかりを考えてしまって……。大切な誰かを疑ってしまう、そんな自分がとても嫌なの……」

「妖精様達の名前を誰かに伝えてしまうのは、悪いことでしょうか？」

「……えっ？」

「僕達は、レオナルド殿下の考えをお伺《うかが》いしたので、それがとても重要な事であると知っていますが、何も知らない人間にとってはどうでしょうか？」

「……名前を知られて困るかもしれないだなんて考えないわ……」

「はい。それにそもそも妖精様達のことをご存じないはずなので、マーガレットに関する世間話のような話の振られ方をしたのではないでしょうか？」

……ルイスの言う通りだわ。ショコラミントクッキーを知っている方でも、私が妖精の愛《いと》し子だと知っている方はいないのだから、その話を誰かにしたとしても悪意があるはずがないのに。……きっと妖精さん達がいなくて心が沈《しず》んでいるからなんでも悪い方に考えてしまっているんだわ。……私は、自分ばかりが不幸な気持ちになって、誰かを疑ってしまっていた……。

「ルイス。ありがとう。おかげで冷静になれたわ。心がとても狭《せま》くなっていたみたい」

「もし、マーガレットが道を誤りそうになったら僕が止めます。これからもずっと」

結婚《けっこん》式の日と同じ言葉を、一年近くの時が流れても、眼鏡越《ご》しに見えるまったく変わらないまっすぐな瞳で伝えてくれる。

……あぁ、なんて愛しいのかしら。

込み上げてくるこの想《おも》いに名前をつけるとしたら、ただただシンプルな『愛』になるのだと思う。この人と結婚することができて本当に良かった。私は改めて妖精さん達に感謝した。

「ルイス。私を止《と》めてくれてありがとう」

「それでもレオナルド殿下の推測が正しいことを確かめておいた方が良いと思います」

「ええ。実はメイド長にお願いをしてソフィア様に先触《さきぶ》れを出しているの。急だけど、明後日、ソフィア様のお屋敷にお伺いしてくるわ」


「マーガレット様。こんなにすぐにまたお会いできるなんてとっても嬉《うれ》しいです」

二日後、急に訪問した私を、それでもソフィア様は本当に嬉しそうに迎《むか》えてくださった。ソフィア様の横にはシャーロットと、そして、青色のタイピンをつけた執事《しつじ》が笑顔《えがお》で立っていた。

執事は、私の胸元《むなもと》のお母さまの形見のブローチを見て、一瞬だけ時をとめたけれど、何事もなかったかのように声を出した。

「応接室にご案内します」

執事の言葉に、私はそっと自分の胸元のブローチを触《さわ》った。

「昨日の夜、皆《みんな》でショコラミントクッキーを焼いたんです」

応接室では、シャーロットが淹《い》れてくれた紅茶を前に、ソフィア様が笑顔でショコラミントクッキーを勧《すす》めてくださった。

「ありがとう。いつも通りとても美味《おい》しいわ」

ソフィア様の笑顔を前にして心がほぐれた私は、美味しい紅茶とショコラミントクッキーを、ついつい楽しんでしまった。そんな私を嬉しそうに見ていたソフィア様がふいにとても心配そうな顔をした。

「マーガレット様。何か心配事がおありですか？」

「……えっ？」

「いつもより顔色が悪く見えます」

「……最近少し寝付《ねつ》けなくて……」

「……もしかして、寝付けない理由は、今日のご訪問と関係がありますか？」

心配そうに聞いてくださるソフィア様に対して嘘《うそ》がつけなかった私は思わず俯《うつむ》いてしまった。

「マーガレット様。私は自分のことを、マーガレット様のお友達だと思っています」

「ソフィア様！　もちろんよ。私にとってソフィア様は、大切な初めての……人間の……お友達だわ」

そう。初めて出来た人間のお友達で、とても大切な存在なの。私の言葉にソフィア様はとても嬉しそうににっこりと笑った。

「お友達は、相手のためなら何でもできるんです。だからマーガレット様がぐっすり眠《ねむ》れるために、私にできることなら何でも言ってください」

ソフィア様の温かい声と優《やさ》しい言葉で、妖精《ようせい》さん達がいなくなってからずっと沈んでいた私の心がほんの少し軽くなった。

「一つだけ聞きたいことがあるの」

私の言葉にソフィア様は不思議そうな顔をしながらも、しっかりと頷《うなず》いてくれた。

「何でも聞いてください」

「……七日前にオルタナ帝国《ていこく》のアンダーソン公爵家のメイドが訪ねて来なかったかしら？」

「七日前ですか？」

「ええ。……もしかしたら名乗らなかったかもしれないけれど……。私の話を聞かれたりしなかったかしら？」

「お屋敷の外で何人かの使用人が、『マーガレット様の好きなものが知りたい』と三十代くらいの女性に話しかけられたと言っていましたが、その方でしょうか？」

ソフィア様はあっさりと答えた後で、驚《おどろ》いた私の顔を見て、戸惑《とまど》ったように言葉を続けた。

「使用人の話を聞く限り、マーガレット様に対して悪意があるようではなかったので、ご報告していなかったのですが……」

「もちろんいいのよ」

レオナルド殿下《でんか》の推測が正しかったことを確信した私は、震《ふる》える心をそっと抑《おさ》えて笑顔を作った。

「……マーガレット様。本当に申し訳ございませんでした」

だけど、私の笑顔を見たソフィア様が、とても悲しそうな顔をして頭を下げた。

「えっ？　ソフィア様どうしたの？　どうか顔を上げて」

「……マーガレット様のそんなに悲しい笑顔を見たことがありません。寝付けない理由と七日前の出来事はきっと何か関係があるのですよね？　些細《ささい》なことだと勝手に判断せずにお手紙ででもすぐにお伝えすべきでした」

「いいえ。ただ私の話を聞かれただけなんでしょう？　だから、ソフィア様が謝ってくださる必要なんて何にもないわ」

「ですが……」

「ソフィア様、どうか顔を上げて。話しかけられた使用人の中で、ショコラミントクッキーの話をした方がいるかを聞きたかっただけなの」

「私が話を聞いた使用人達は、何も答えなかったと言っていました」

「……そう……なのね」

手がかりが摑《つか》めたと思ったのにやはり違《ちが》ったのかしら？　あるいは他《ほか》の方達のところに？

「……料理長のところかしら？」

思わず呟《つぶや》いた私の言葉にソフィア様が反応した。


「元公爵《こうしゃく》家の料理長様はもうソルト王国にはいらっしゃいませんよ？」


「えっ？」

「シルバー公爵家が……爵位を返還《へんかん》された時に解雇《かいこ》されたとのことで……『叶《かな》えたい夢があるからしばらく戻《もど》らない』と、わざわざシェフと執事と私にご挨拶《あいさつ》に来てくださいました」

申し訳なさそうにソフィア様が告げた。

……シンシアが国宝の『聖なる水晶《すいしょう》』を故意に割ったことで、シルバー公爵家は爵位を返還してお父様と義母はミラー男爵領で療養《りょうよう》することになった。そして、その際に使用人達は皆《みんな》解雇されたのだったわ。

「料理長には夢があったのね……」

「私達にも夢の内容は教えてくださらなくて、『夢が叶ったら連絡《れんらく》する』とおっしゃって笑顔でお別れしました。それから『ショコラミントクッキーはバニラアイスに載せて食べても美味しい』とこっそり教えてくださいました」

優しく笑うソフィア様を見ながら、私はシルバー公爵家で最後のディナーを食べた後でこっそり厨房《ちゅうぼう》に行った時のことを思い出していた。

「マーガレットお嬢様《じょうさま》っ!!」

突然《とつぜん》現れた私に、シェフ達が洗っていたプレートやカトラリーを手から落としたりと厨房は騒然《そうぜん》としてしまった。私が厨房に行くのは久しぶりだったけれど、初めて訪《おとず》れた時には確か反《はん》撃《げき》に来たと思われて、あの時もこんな風に騒然とさせてしまったのよね。思わず苦笑いをしていた私の前に、料理長が慌《あわ》ててやって来た。

「マーガレット様！」

（草が登場ー）

（今日も髭《ひげ》をくるくるに巻いちゃうー？）

（庭の草と髭を十倍速で成長させてやろうか）

くっきー、しょこら、みんと。まさか料理長のことを『草』って呼んでいるだけでなく、髭にもいたずらしていたの？

（髭をくるんとしてあげると嬉《うれ》しそうなのー）

（庭の草もこっそり食べてたよー）

（草効果で少し痩《や》せたと気付かせてやろうか）

みんとの言葉に私は思わず料理長のお腹《なか》をまじまじと見つめてしまった。……確かに……。

「マーガレット様？　私《わたくし》めの腹部に何か……？」

「いえ……。スリムになったと思ってつい……。ごめんなさい」

他人《ひと》のお腹を見つめるなんて私ったらなんて失礼なことを……。はしたない自分の振《ふ》る舞《ま》いに落ち込む私に対して、料理長は目を輝《かがや》かせて語りだした。

「さすがマーガレット様です！　よくぞ気付いてくださいました！　実は三キロほど痩せたのです！　厨房の奴《やつ》らは誰《だれ》も気付かず心挫《くじ》けておりましたが、マーガレット様に気付いていただけて悔《く》いなしです！　私めは、これからも苦い草を食し続けたいと決意を新たにしました！」

「いやいや料理長。料理長の体重で緩《ゆる》やかに三キロ痩せても、毎日会っている僕達ではさすがに気付けませんよ」

熱く語る料理長に対して、副料理長が醒《さ》めた目で伝えた。料理長が思わずでっぷりと膨《ふく》らんだ自分のお腹を触《さわ》って「うむむ」と唸《うな》ったので、厨房は若いシェフ達の笑い声で包まれた。

「失礼しました。マーガレット様、本日はいかがされましたか？」

笑いが収まった後で、料理長は改めて私に向きなおった。

「今日がシルバー公爵家での最後のディナーだったから、料理長達に御礼《おれい》を言いたくて。今までずっと美味《おい》しい食事を作ってくれてありがとう。いつも私だけ特別メニューで手間を掛《か》けさせてしまってごめんなさい」

私の言葉に厨房が静まり返ってしまった。……私、何か変なことを言ったかしら？　と考えて、すぐに気付いた。……私だけの特別メニューである草のソースは、もともとは義母からの指示で私への嫌《いや》がらせ用に作られたメニューだったんだわ。……もしかして今の私の言葉は嫌みだと思われてしまったのかしら……。心配になった私の耳に楽しそうな妖精さん達の声が響《ひび》いた。

（皆《みんな》とっても喜んでるよー）

（草のお腹が感動で震えてるよー）

（感謝こそが最高の調味料だと気付かせてやろうか）


えっ？　皆喜んでくれているの？　嫌みだと思われていなくて良かったわ。思わずほっとした私と料理長の目が合った。

「マーガレット様。私めは、シルバー公爵家で料理長をさせていただく前にも、伯爵《はくしやく》家や男爵家でシェフとして働かせていただいたことがあります。しかし今まで貴族の方から御礼を言われたことはただの一度たりともございませんでした」

そんな料理長の言葉に、シェフ達は全員静かに頷《うなず》いていた。

「でも、お父様やシンシアだって『美味しい』とよく言っているわ」

料理長の言葉の意味が掴めなくて私は事実を伝えた。


「それはただの料理に関する感想です。……ただの使用人にすぎない我々が料理を美味しく作ることは当たり前のことなのです。それなのに我々自身に向かって感謝を伝えてくださった貴族は、マーガレット様だけです。……それも奥様の圧力に屈《くつ》して自分の保身のために、料理人の誇《ほこ》りも忘れて料理を嫌がらせの道具にした過去のある我々に対して、まさかその料理を召《め》し上がってなおマーガレット様が御礼をおっしゃってくださるなど想像もしておりませんでした」

料理長を筆頭に、厨房にいた全員が私に頭を下げた。……カトラリーを洗っていたシェフ達は腕《うで》まで泡《あわ》まみれになってしまっているけれど大丈夫《だいじょうぶ》かしら？　……御礼を言いに来たらまさかの頭を下げられてしまう事態に一瞬《いっしゅん》現実逃避《とうひ》でどうでもいいことを考えてしまったわ。……私はここに感謝をされるために来たのではないのだから、きちんと自分の気持ちを伝えなくちゃ。

「それでも、私が今日まで健康に生きてこられたのは、栄養のバランスを考えて料理を提供してくれた皆のおかげだわ。……たとえば家族とは別に私にだけは栄養の偏《かたよ》った違うメニューを出すことだってできたはずなのに、それはしなかったでしょう？　皆がしたことはただ苦い草のソースをかけただけ」

……それに結果的には、草のソースのおかげで身体《からだ》の調子が良くなっていたくらいだしね。だからお父様の指示で嫌がらせがなくなってからも私だけ特別に毎回一皿は草のソースをかけてもらっていたくらいだし。

「……マーガレット様に嫌がらせの料理を作ってしまったことが、私めの料理人人生の最大の過《あや》ちです。……それでも毎日料理を召し上がり続けてくださったマーガレット様に感謝の言葉をいただけたことが、私めの料理人人生の最大の誇りです」

（草が良《い》いこと言ってるー）

（みんながウルウルしてるよー）

（よし！　全員の庭を草にまみれさせてやろう）

「きゃっ」

思わず思い出に浸《ひた》っていた私を現実に引き戻《もど》したのは、ソフィア様の小さな悲鳴だった。

ソフィア様の目の前ではティーカップから紅茶が溢《あふ》れていた。そして、すぐ近くに立つシャーロットのティーポットを持つ手が震《ふる》えていた。きっとソフィア様に紅茶のお代わりを注ごうとしたシャーロットの手が滑《すべ》って、ティーカップに注ぎすぎて溢れてしまったんだわ。

「ソフィア様。大丈夫ですか？」

「はい。ちょっとびっくりしただけです。驚《おどろ》かせてしまってすみません。シャーロットもびっくりさせてごめんね」

シャーロットの失敗を少しも責めることなくソフィア様は優《やさ》しく微笑《ほほえ》んだ。

「ソフィア様！　大変申し訳ございません！　火傷《やけど》はなさっていませんか？」

シャーロットは、顔を真っ青にして、その手はさっきより更《さら》に震えていた。

「うん。ソーサーに零れただけで身体にはかかってないから大丈夫よ」

「すぐに新しいカップと取り替《か》えさせていただきます」

シャーロットはティーポットをティーワゴンに置いた後で、ソフィア様のティーカップを下げようとした。ソフィア様は、そんなシャーロットの動きを手で止めた。ソーサーに手を伸《の》ばそうとしていたシャーロットは、突然《とつぜん》差し出されたソフィア様の手に戸惑《とまど》っていた。

「そんなに震える手じゃ中身を零しちゃうわ」

シャーロットの手元を見ると、手の震えはまったく収まっていなかった。確かにそのままソーサーごとカップを持ち上げたらただでさえ満杯《まんぱい》の紅茶はきっと零れてしまうだろうことは容易に想像できた。……だけど、どうしてシャーロットはそんなに震えているのかしら？

「その震えは、シャーロットが七日前に見知らぬ女性からマーガレット様について聞かれたことと関係があるの？」

ソフィア様は、まっすぐにシャーロットを見て聞いた。……シャーロットもアンダーソン公爵家のメイドに話しかけられていたのね。

「……大変申し訳ございません」

シャーロットは、その手元と同じくらいに震える、今にも消え入りそうな声で答えた。その謝罪は、シャーロットが私の話をその女性にしたということの肯定《こうてい》のようだった。

「……どうして……」

あまりの衝撃《しょうげき》に私は思わず呟《つぶや》いてしまった。だけど、すぐにルイスの言葉を思い出した。

『妖精《ようせい》様達の名前を誰《だれ》かに伝えてしまうのは、悪いことでしょうか？』

そうよ。シャーロットに悪意があったはずなんてないわ。だってそれがどんなことかなんてシャーロットが知るはずがないのだもの。私は、動揺《どうよう》を抑《おさ》えながらシャーロットに聞いた。

「世間話をしただけよね？　まったく悪いことではないわ。私はただ何を話したのか聞きたかっただけなの」

俯《うつむ》いていたシャーロットは、青い顔を上げて、未《いま》だ震える声で言葉を紡《つむ》いだ。

「……先日マーガレット様がいらした際に、ソフィア様が語られた話をしました……。『元シルバー公爵家の料理長がクッキーやショコラタルトにも負けず劣《おと》らずなミントを使ったスイーツの開発をねだられる夢を見た』と……」

「どうして私には何も答えてないと言ったの？」

そう聞いたソフィア様の声は決してシャーロットを責めるものではなかった。ただ凪《なぎ》のように穏《おだ》やかな声だった。それでもシャーロットの震えは止まらなかった。

「……私がその話をした後で……その女性は……小さく笑ったんです……。その顔が……なぜか私には歪《ゆが》んで見えました。……私は自分が何かとんでもないことをしてしまったのではないかと怖《こわ》くなって……。どうしてもソフィア様にお伝えすることが出来ませんでした……。本当に申し訳ございません……」

……さっきルイスの言葉を思い出して冷静になれて良かった。まさかショコラミントクッキーの話がそんなに重大なことだなんてシャーロットに分かるはずがないもの。それなのに私は、何も知らないシャーロットのことをついつい責めそうになってしまった。……妖精さん達がいないだけで、こんなに心が狭《せま》くて意地悪な人間になってしまうだなんて……。私は自分のそんな卑《いや》しい心が情けなかった。

「シャーロット。怖い思いをさせてしまってごめんなさい。シャーロットは、何も悪くないわ」

私の言葉にシャーロットは、肩《かた》を震わせた。

「マーガレット様……。私は……」

必死に言葉を紡ごうとするシャーロットは、それでも何も言うことが出来ずにそっと顔を伏《ふ》せた。

震えるシャーロットとそれを見つめることしか出来ない私。そんな沈黙《ちんもく》を破ったのは、ソフィア様の優しい声だった。

「シャーロット。マーガレット様は、きっとどんなシャーロットだってちゃんと認めてくださると思うわ」

俯くシャーロットの顔を覗《のぞ》き込んで、きっぱりと言ったソフィア様の横顔を、私はとても美しいと思った。妖精さん達の言う通り、ソフィア様の心はとてもキレイ。だからこそ、その内面が反射するように、外面も輝《かがや》いて見えるのだわ。

「マーガレット様。私は少し席を外しても良いでしょうか？」

ソフィア様は、シャーロットと私がゆっくりと話せるように気を遣《つか》ってくれているんだわ。

「ええ。ソフィア様、ありがとう」

感謝を伝えた私に向かってにっこりと笑ったソフィア様は、ソファーから立ち上がって応接室を出て行った。

「シャーロット。私に言いたいことがあるならなんでも言ってね」

ソフィア様が出て行った後も、シャーロットは顔色悪く震えていた。

「マーガレット様。私は……」

「さっきは本当にごめんなさい。ショコラミントクッキーの話をしただけのシャーロットは何も悪くないの」

「……私は……私が……見ず知らずの女性にマーガレット様の話をしてしまったのは……心のどこかで……マーガレット様に……嫉妬《しっと》……をしてしまっていたからかもしれません……」

とても真剣《しんけん》な顔で言うシャーロットに私は絶句してしまった。……嫉妬？　シャーロットが私に？　どうして？

「……スカーレット様がお亡《な》くなりになって、新しい公爵夫人からシルバー公爵家を追い出された時、本当はとても辛《つら》くて、これからの未来が不安でたまりませんでした……。でも私は、そんな悲しみや苦しみにマーガレット様のことを思うことで耐《た》えていました」

「……私のことを？」

「まだ幼いマーガレット様が、誰も味方のいないあの家でたった一人で耐えている。……私なんかよりマーガレット様の方がずっとずっと辛いはず……。マーガレット様に比べたら私に起こったことなんて大したことじゃない。だから私なんかが弱音を吐《は》いてはいけない。マーガレット様が頑張《がんば》っているように私も頑張らなければいけない。……そう思うことで、今まで私は自分自身に起こった辛い出来事を乗り越《こ》えてきたのです……」

私の存在がシャーロットの励《はげ》みになったのなら良かった。私は心からそう思ったけれど、シャーロットの瞳《ひとみ》はとても暗かった。

「ソフィア様からマーガレット様のお話を聞いていて、マーガレット様が幸せになったことが本当に嬉《うれ》しかったのです。ソフィア様の許《もと》を訪《おとず》れたマーガレット様が実際に幸せそうに笑う姿を見て、心から安堵《あんど》したことも決して嘘《うそ》ではありません」

私は頷《うなず》いた。シャーロットの気持ちを嘘だなんて思うはずがない。

「……ですがあの日、客間に入る直前に、マーカスの言葉を聞いてしまいました」

……私がお父さまと初めて話した日のお父さまの最後の言葉？　私はシャーロットが入ってくる直前のお父さまの言葉を思い出した。

『何よりもソフィア様からマーガレット様のお話を聞かせていただけることが、今は一番幸せです』

「……マーガレット様。……私は……以前マーカスに告白をしたことがあります」

「……えっ？」

あまりに突然のシャーロットの言葉に私は思わず驚《おどろ》きの声をあげてしまった。告白って……。あの告白……よね？

「……『愛する人がいるから』と言われてしまいましたが……。それでも私のマーカスへの想《おも》いは今も変わっていないのです」

シャーロットの青かった顔がほんの少し赤く染まった。

シャーロットはまさか私が執事《しつじ》の娘《むすめ》だなんてもちろん想像もしていないだろうけれど……。実のお父さまへの恋心《こいごころ》を打ち明けられるなんて……。私はとても複雑な気持ちになってしまった。

「あの日、客間から漏《も》れてきたマーカスの言葉を聞いて、マーカスの愛する人はマーガレット様ではないかと思ったのです」

あまりに真剣なシャーロットの言葉に私は思わず息を呑《の》んだ。……どうしようかしら。お父さまの愛する人が私だなんてそんなはずないのに……。愛だとしてもそれは家族愛だからシャーロットの考えている愛とは絶対に違《ちが》うものなのに。……だけど、そんなことは決して言えないし……。

「……いくらなんでもマーカスが二十近くも年下のマーガレット様を愛しているだなんて考え

すぎだと思いました。……それでも私は、もう何年もマーカスの側《そば》でずっと一緒《いっしょ》に働いてきたのに。ずっと側にいたのは私なのに。……マーカスを幸せにするのは、実際に側にいる私の存在よりも、ソフィア様から聞くマーガレット様のお話の方なんだと思ったら、とても苦しくなって……マーガレット様に……嫉妬をしてしまいました」

シャーロットは、とても悲しい顔をしていた。

「見ず知らずの人間に勝手に話をされてマーガレット様が嫌《いや》な気持ちになることは分かっていたのに……。嫉妬で心の醜《みにく》くなった私は、聞かれるがままにその女性にマーガレット様の話をしてしまいました……。だけど彼女の歪んだ顔を見て、私はすぐに自分の行いを後悔《こうかい》しました。……マーガレット様、本当に申し訳ございませんでした」

シャーロットはゆっくりと頭を下げた。おでこが膝小僧《ひざこぞう》についてしまいそうなくらいに頭を下げられて、お団子に結ばれたシャーロットの黄色い髪《かみ》を見ていたら、私はたまらなくなった。思わずソファーから立ち上がって、下を向いているシャーロットの肩を両手で必死に持ち上げた。まっすぐな姿勢に戻《もど》ったシャーロットはそんな私の行動にさすがに驚いていた。

「マーガレット様……」

「シャーロットが謝ることなんて何もないわ」

私は、シャーロットのその細い身体を抱《だ》きしめた。

「シャーロットの残してくれた優《やさ》しい思い出があったから、私はシャーロットがいなくなってからもシルバー公爵《こうしゃく》家で耐えることができたの。お母さまが亡くなってからも私に優しくしてくれてありがとう。最後まで私の味方でいてくれて本当にありがとう。だから、シャーロットが私に謝ることなんて何もないわ。だって、私にはシャーロットへの感謝しかないんだから」

シャーロットの身体《からだ》が激しく揺《ゆ》れたのが、私の身体にも伝わってきた。

「ありがとうございます……」

震《ふる》えるシャーロットのその声は、涙声《なみだごえ》だった。

「マーガレット様。私達でお力になれることがあったらなんでも言ってくださいね」

ソフィア様は玄関《げんかん》ホールでお見送りしてくださる際に、力強く言ってくださった。そんなソフィア様の隣《となり》に立つシャーロットは、シルバー公爵家でいつも私に向けてくれた優しい笑顔《えがお》に戻っていた。そして、私はシャーロットとは反対側のソフィア様の隣に立つ執事に視線を向けた。目が合った執事……お父さまは、とても心配そうに私を見つめていた。だけど、私が笑うと、安心したように笑顔を返してくれた。

大丈夫《だいじょうぶ》だわ。……私にはこんなにも力強い味方達がここにいてくれるもの。ソフィア様に、シャーロットに、お父さまに、勇気をもらった私は、お屋敷《やしき》を後にした。

第4章　偽《いつわ》りの愛し子

「マーガレット。馬車に酔《よ》ったりはしていないですか？」

オルタナ帝国《ていこく》に向かう馬車の中で、ルイスはずっと私を気遣《きづか》ってくれた。

「大丈夫よ。以前オルタナ帝国に行った時には五日も馬車に揺られていたんだもの」

私は笑ってルイスに答えた。おばあ様に会いに行ったのはもう二年近くも前だわ。あの時は五日もかかったけれど、先日オリバー殿下《でんか》がソルト王国を訪問されるにあたって直通の道が整備されたこともあり今回はなんと一日でオルタナ帝国に到着《とうちゃく》する予定なのよね。前回は平民の方も使用する馬車だったけれど今回は王宮の馬車だから、性能が違うということもあるのだろうけど。

「マーガレット様と一緒に旅行に出掛《でか》ける日が来るなんて嬉しいよ」

私とルイスの正面に座るレオナルド殿下が嬉しそうに言ってくださった。

「レオナルド殿下。マーガレットの夫である僕もいることを忘れないでください」

「ルイスって結構嫉妬《しっと》深いよね」

レオナルド殿下は無《む》邪気《じゃき》な顔で楽しそうに笑った。

「なっ⁉　僕は嫉妬深くなどありません」

レオナルド殿下の言葉に慌《あわ》てながらも、ルイスはお得意の眼鏡くいっをした。

……レオナルド殿下が、私が妖精《ようせい》さん達のことを考えすぎて暗くならないように、いつも以上に明るく振《ふ》る舞《ま》ってくださることに気付いていた。……それでも事あるごとに私はついつい妖精さん達のことを考えてしまっていた。……たとえば、ルイスの眼鏡くいってさえも、ここに妖精さん達がいたらきっとまた喜ぶんだろうなって、ついつい考えてしまうの。

「マーガレット。もし眠《ねむ》れそうだったら眠ってくださいね」

優しいルイスの言葉に続けて、レオナルド殿下も声をかけてくださった。

「そうだよ、マーガレット様。オルタナ帝国まではまだまだ時間がかかるから眠くなったら寝《ね》ちゃった方が良《い》いよ」

私は二人の心遣いに感謝した。妖精さん達がいなくなってから、もう九日が経《た》っていた。ずっと寝付けなかった私は馬車に揺られている間に少しだけ眠くなっていて、気付いたらいつの間にか本当に眠ってしまっていた。

羽が生えてるあなた達は誰《だれ》なのー⁇
（私たちはマーガレットの友だちだよー）
私のお友達⁇　初めて会ったのに⁇
（これからずっと一緒にいるんだよー）
ずっと⁇　ずっとってどのくらい⁇
（生まれてから死ぬまでだ）

お母さま。死なないで。お願い。目を開けて。お母さま。私を独りぼっちにしないで。お母さま。お願い。どうか私にもう一度いつもの笑顔を向けて。お母さま。お願い……。

(マーガレット泣かないでー)
(僕たちがずっと側《そば》にいるよー)
(マーガレットを独りぼっちになんかするはずがない)

どうしてお父様は私を無視するの？　お母さまが死んでしまって寂《さび》しい気持ちは私だって同じなのに。どうして話もしてくれないの？

(マーガレットしか見えなくなる魔法《まほう》をかけちゃうー？)
(マーガレットとずっと一緒《いっしょ》にいたくなる魔法をかけるー？)
(マーガレットの望みならどんな魔法も使ってやると気付かせてやろうか)

違《ちが》うの。私は魔法でお父様の気持ちを向かせてほしいわけじゃなくて。私は、ただ……。でも、もういいの。私には強い味方がいるから大丈夫。くっきー、しょこら、みんと。皆《みんな》がいるから寂しくないよ。

(私たちはいつもマーガレットの味方だよー)
(僕たちがいるからマーガレットは寂しくないのー)
(味方と書いて「ともだち」と読ませてやろう)

お父様に、お母さま以外の愛する人と、私と一つしか年の違わない娘《むすめ》がいただなんて。お母さまは知っていたのかな? 知っていたのならどんな気持ちでいたのかな? お母さまの気持ちを考えるととっても悲しいの。

(おじさんやっちゃう?)
(マーガレットを傷つけた罰《ばつ》でやっちゃう?)
(生まれてきたことを後悔《こうかい》させてやろうか)

ダメだよ。人間を傷つけちゃダメ。私はお父様のことを傷つけたいわけじゃないの。それに何よりくっきーと、しょこらと、みんとには誰も傷つけてほしくないよ。

（マーガレットが悲しむならやらないー）
（おじさんは嫌《きら》いだけど我慢《がまん》するー）
（だがいつか必ず報《むく》いがあると思い知らせてやろうか）

新しいお義母《かあ》様もシンシアも、出会った瞬間《しゅんかん》からずっと私を睨《にら》みつけていたね。私、何か嫌われるようなことしちゃったのかな？　だけどディナーの席で二人がお母さまの悪口を言っていたことだけは悔《くや》しいの。

（おばさんとガキをやっちゃう？）
（目に辛《から》い粉をかけちゃう？）
（永遠に睨んでいる目つきにしてやろうか）

くっきー、しょこら、みんと。人間を傷つけちゃ絶対ダメだよ。……だけど、私のために怒《おこ》ってくれてありがとう。私の分まで皆が怒ってくれただけで、もう十分だよ。私には皆がいてくれるからそれだけで十分だよ。

義母がシャーロットを首にするなんて！　物差しで叩《たた》かれても我慢するから。だからこれ以上私から大切な人を奪《うば》わないで。お母さまがいなくなって、シャーロットにだけはずっと側にいて欲しかったのに。それに、お父様はどうして何も言ってくれないの？

（物差しおばさんをやっちゃう？）
（おばさんと一緒におじさんとシンシアもやっちゃう？）
（まとめてぽいっと片づけてやろうか）

ううん。ううん。だけどそれはやっぱりダメだよ。……だけど、一つだけお願いがあるの。

……どうかシャーロットが私のせいで不幸になることがありませんように。どうかシャーロットがこれから素敵《すてき》なお屋敷《やしき》で働けますように。

（マーガレットの願いを叶《かな》えるのー）
（シャーロットは素敵なお屋敷で働くのー）
（出会いとは奇跡《きせき》だと気付かせてやろうか）

シンシアが私の宝石を勝手に盗《と》っていくの。私よりもずっとたくさん持っているのにどうしてなのかな？　だけど私が何を言ったって義母に言いつけられて物差しで叩かれるだけだから。

……お母さまからいただいた大切な宝石だけど……もう諦《あきら》めるの。

（シンシアから宝石を奪いかえすよー）

（ついでにシンシアのお気に入りの宝石を奪っちゃおうよー）

（マーガレットの許《もと》にある方が宝石も輝《かがや》きを増すのだと絶望させてやろうか）

もういいの。私にはくっきー、しょこら、みんとの方が宝石よりもずっと輝いて見えるから。だからお母さまの形見のブローチを守ってくれているだけで充分《じゅうぶん》だよ。

（私たちに任せてー）

（マーガレットのママのブローチを守るよー）

（宝石の輝きよりも眩《まばゆ》い思い出を守ってやろうか）

私は、お母さまの言葉をずっと覚えているから。いつか妖精《ようせい》の愛《いと》し子だからではなく私自身を見つめて、愛してくれる人が現れるって信じているの。……キース殿下《でんか》は、私の婚約者《こんやく》だけど、私自身を見てはいないから、私の探している人ではないのかな。

（王子様は薄《うす》っぺらいから嫌いー）
（後ろの護衛のほうがマーガレットを心配してるよー）
（相応《ふさわ》しくないのは王子の方だと思い知らせてやろうか）

……だけど、私は自分に出来る精一杯《せいいっぱい》のことをして、いつの日か国王と王妃《おうひ》になった時には、ソルト王国の皆様《みなさま》が豊かに暮らせる国に出来るように、キース殿下と協力していきたいの。

（私たちが国を豊かにしてあげるー）
（無理して王子と結婚する必要なんてないよー）
（マーガレットが幸せであれば国は豊かだと気付かせてやろうか）

くっきー、しょこら、みんと。ルイスが夢であなた達に会ったって言うの。お母さまからの手紙はもう一通あったのね？　ずっと皆《みんな》が守ってくれていたのね？

(めがねは夢の中でも眼鏡だったー)

(マーガレットのママの手紙を渡《わた》したのー)

(手紙とは心を繋《つな》ぐメッセージだと思い知らせてやろうか)

ありがとう。今の私がこんなに幸せなのは、あなた達のおかげなの。悲しかった時、いつも近くで励《はげ》ましてくれた。辛《つら》かった時、私の代わりにたくさん怒ってくれた。嬉《うれ》しかった時、一《いっ》緒《しょ》に笑って喜んでくれた。あなた達の存在そのものが、私にとってはどんな魔《ま》法《ほう》よりもずっと価値があるの。

(マーガレットの幸せが私たちの幸せなのー)

(これからもずっと一緒だよー)

(マーガレットが望むなら来世でもだ)

「マーガレット。目が覚めましたか？」

……私、馬車の中でつい眠《ねむ》ってしまったんだわ。

……なんだかとても懐《なつ》かしくて、大切な夢を見ていた気がする。


「ごめんなさい。つい眠ってしまって……」

「最近あまり眠れてなさそうだったので良かったです」

「……気付いていたのね？」

「僕達は夫婦《ふうふ》ですから」

そんな私達のやり取りを笑って見ていたレオナルド殿下がふと真剣《しんけん》な口調で切り出した。

「あと数時間でオルタナ帝国《ていこく》に到着《とうちゃく》するよ。パーティーは明日《あした》だけど、今日は皇城に泊《と》まることが出来るから、マーガレット様は妖精達を捜《さが》してね」

レオナルド殿下の言葉に対してルイスは不安そうな顔をしていた。

「エラ公爵令嬢《こうしゃくれいじょう》の仕業《しわざ》だとすると妖精様達は、アンダーソン公爵家のお屋敷にいるのではないでしょうか？」

「エラ様は、皇妃教育のため王城で生活しているんだよ。明日のお披露目《ひろめ》パーティーにはそのまま皇城の自室から向かうだろうから妖精達もきっと皇城にいると思うんだ」

「しかし妖精様達が皇城のエラ公爵令嬢の自室に捕《と》らえられているとしたら、僕達にはその部屋に入る権利がないのでは……」

「僕は、今回の件には関《かか》わっていないと信じてる。だから妖精達についてマーガレット様がエラ様の部屋にいると確信出来たなら、オリバー殿下にすべてを話すよ」

レオナルド殿下は、オリバー殿下のことを信頼《しんらい》していらっしゃるのね。私のことも信頼していただけてとても光栄なことだわ。

「レオナルド殿下。ありがとうございます。私は、レオナルド殿下のご判断に従います」

オルタナ帝国の皇城は、その豊かさを象徴《しょうちょう》するようなとても立派な外観だった。貴族街の中央にそびえ立つ真っ白いお城の周りは、レンガの塀《へい》で囲まれていた。すごい。塀からお城までも馬車での移動が必要なくらいにとても広いし、馬車の窓から見えただけでもお庭には色とりどりのお花が咲《さ》き乱れているわ。

馬車で皇城の入り口まで辿《たど》り着いた私達は、塀の中に入る門の前で行われたのと同じようにソルト王国からの招待客であることをしっかりと確認《かくにん》されてから、皇城へ入ることが許可された。

「不足しております物などございましたら、いつでもお呼びくださいませ」

ルイスと一緒に案内された皇城内の客室は、モーガン伯爵《はくしやく》家のルイスと私のお部屋くらいに広かった。手入れの行き届いたその部屋で見事な手際《てぎわ》で紅茶を用意してくれた後で、メイドはきっちり四十五度に腰《こし》を折って頭を下げて退室した。

「さすがオルタナ帝国の皇城で働くメイドね」

そのスムーズさに私は思わず感嘆《かんたん》のため息を吐《つ》いた。

「せっかく淹《い》れてくださいましたし、紅茶をいただきましょうか」

ルイスと私は、同時に紅茶を飲んだ。

「とても美味《おい》しいわ。アールグレイね」

「明日のパーティーには、ソルト王国の他《ほか》にも数か国が招待されているということですよ。オルタナ帝国の貴族もほとんどが参加するようですし、かなりの規模になりそうですね」

「今日中に妖精さん達に会えると良《い》いのだけど……」

「ディナーが運ばれてくる時間まで庭園は自由に散歩してよいとのことでしたので、後で部屋から出て捜しに行きましょう」

くっきー、しょこら、みんと。聞こえる？　今日こそ絶対に見つけてみせるからね。

オルタナ帝国に入ってからも何度かしている妖精さん達への呼びかけには、やはり返事はなかった。


紅茶を飲み終わった私達は、客室から出た。

「いかがされましたか？」

部屋を出たところで、隣《となり》のレオナルド殿下の部屋の前に立っていた護衛のハンクス様に声を掛《か》けられた。

「お疲《つか》れ様です。少し庭園を散歩しようかと思っているのです」

ハンクス様と和《なご》やかにご挨拶《あいさつ》をした後で、私達は庭園に向かった。

「とても広いわね。それにソルト王国では見たことのない植物もたくさんあるわ」

オルタナ帝国の皇城の庭園は、緑に溢《あふ》れていてとても素晴《すば》らしかった。思わず興奮してしまった私を、ルイスは楽しそうに見つめていた。

「オルタナ帝国は一年中気温が高いので、寒暖差の激しいソルト王国では育ちにくい植物もたくさんあるみたいですよ」

「くっきー、しょこら、みんとがいたら、きっと大喜びして庭園中に眼鏡を降らせようとしていたわ」

「眼鏡をですか？」

「ええ。楽しいといたずらで空から眼鏡を降らせようとしちゃうから必死で止めるのが大変なの」

「眼鏡はおもちゃではないと僕からもお伝えしないといけませんね。眼鏡は繊細《せんさい》な物なので丁《てい》寧《ねい》に取り扱《あつか》わないと傷ついてしまうのです。ましてや空から降らすなど絶対にお止めしなくては」

ルイスがあまりに必死で眼鏡を語るので、私は楽しくなって笑ってしまった。

「マーガレット。笑い事ではありません」

「ふふっ。ごめんなさい。眼鏡はルイスの分身だものね」

「その通りです」

ドヤ顔で眼鏡をくいっとするルイスがなんだか可愛《かわい》くて私はまた笑ってしまった。

くっきー、しょこら、みんと。あなた達も一緒に庭園で遊びましょう？　ねぇ？　どこにいるの？

私は、何度も何度も呼びかけた。……だけど、やっぱり彼らが応《こた》えてくれることはなかった。

「少しベンチで休みましょうか」

私達は、お花に囲まれたベンチに二人で腰かけた。

「……妖精《ようせい》様達は見つかりませんか？」

ルイスは心配そうな顔をして、私の顔を覗《のぞ》き込んだ。

「……何度も話しかけているんだけど……」

もしもこのまま見つからなかったらどうしたら良いのかしら……。不安でたまらなくなった私は、思わずルイスに弱音を吐《は》いてしまった。

「……もしかして、これがあの子達の意志だったら……。そう思うと怖《こわ》くて怖くてたまらないの。……くっきー、しょこら、みんとが自分達の意志で私よりもエラ様の側《そば》にいることを選んだのだとしたら……。私は……」

「そんなことあるはずがありません」

ルイスはきっぱりと言い切って、私の手を握《にぎ》った。

「妖精様達は、マーガレットの友達です。彼らはそれをとても誇《ほこ》らしげに言っていました。そんな彼らが黙《だま》ってマーガレットの側からいなくなるなんてそんなことはありえません」

「……ルイス……。ありがとう」

「絶対に見つかります。僕が、この眼鏡に懸《か》けて誓《ちか》います」

「ふふっ。それは心強いわ」

とても不安な心の中に、ルイスの優《やさ》しさと、その手の温《ぬく》もりが流れ込んできて、私は胸のつかえを吐き出すように、そっと息を吐いた。……大丈夫《だいじょうぶ》。妖精さん達はきっと見つかるわ。ルイスの手を握っていると、確かにそう信じることが出来たの。

くっきー、しょこら、みんと。私はここにいるからね。いつでもあなた達を想《おも》っているからね。

それからも、庭園をお散歩している間も、客室に戻《もど》ってからも、私は何度も何度も妖精さん達に呼びかけていた。

「失礼いたします。ディナーの準備を始めてよろしいでしょうか？」

先ほど紅茶を淹れてくれたメイドが、再び見事な手際でテーブルセッティングをしてくれた。

前菜のカプレーゼをテーブルに配膳《はいぜん》して、ルイスと私のグラスにシャンパンを注いだ後で、

「シャンパンをご用意しました」

シャンパンクーラーにボトルを残して、メイドは部屋から出ていった。

「ミネラルウォーターも用意してくれていますが、乾杯《かんぱい》だけシャンパンでしますか？」

ルイスが優しく私に聞いた。

ソルト王国では、王立学園を卒業する十七歳になる年からアルコールを飲むことが認められているのよね。だけど、ルイスも私も今まであまりアルコールは嗜《たしな》んでこなかった。……結婚《けっこん》式で、乾杯のシャンパンを飲んだルイスがゆでだこみたいに真っ赤になった思い出が強すぎるからかしら？　……だけど……。

「そうね。せっかくだからいただこうかしら？」

目の前に置かれた透明《とうめい》なグラスの中で輝《かがや》く黄金の液体からシュワシュワと炭酸のはじける音

がして、それはとても魅力《みりょく》的に見えた。

「では、いただきましょう」

ルイスと私は、乾杯をしてシャンパンを口にした。

「……美味しい……」

思わずため息が漏《も》れてしまうくらいキリっとした口当たりの冷えたシャンパンは美味《おい》しかった。……こんなシャンパンなら溺《おぼ》れてみたいわ。『シャンパンで溺れさせてやろうか』というみんとの口癖《くちぐせ》を思い出して思わずそんなことを考えてしまった私の目の前には、イチゴくらいに赤くなった顔をしたルイスがいた。

「……嘘でしょ……。まだ一口目よね？」

「どうかしましたか？」

「ルイス……。顔がすでに赤くなっているわ」

「気のせいでしょう」

きっぱりと言って、もう一口シャンパンを飲んだルイスの顔は、なんとすでにトマトくらいに赤くなっていた。

「ルイス。ミネラルウォーターも飲んでね？」

私の言葉にルイスはとても嬉《うれ》しそうに頷《うなず》いて、さらにシャンパンをもう一口飲んだ。

「この眼鏡に懸けてマーガレットを生涯《しょうがい》、愛することを誓《ちか》います」

ルイスは上機嫌《じょうきげん》でシャンパンをさらに一口飲んだ。

……これはもしかしてすでに酔《よ》っているわね。

「メインディッシュの子牛のステーキでございます」

私達の食べるペースに合わせて完璧《かんぺき》な配分で、スープ・サラダ・お魚料理と運んでくれたメイドが、またまた完璧なタイミングでメインディッシュをテーブルに配膳した。

「外で待機しておりますので、デザートの際にはお声がけください」

そう言って部屋から出て行った。

「ステーキも美味しいですね」

途中《とちゅう》からはしっかりとミネラルウォーターも飲んで、顔色が少し赤いくらいには戻ってきたルイスが、笑顔《えがお》で言った。

「本当に美味しいわ」

簡単にナイフで切れた柔《やわ》らかいステーキは、中がルイスの顔色と同じくらいの赤色なレアだった。そして、口に入れた瞬間《しゅんかん》に肉汁《にくじゅう》が溢《あふ》れて口の中が上質な脂《あぶら》ととろけるような柔らかい食感に包まれた。

私がそんな口福を味わっていた時に、ずっとずっと聞きたかった声が聞こえた。

（うぃー僕もステーキ食べーたーいー）

えっ？　この声は……。

「マーガレット？　どうかしましたか？」

「しょこら……」

「しょこら様がいるのですか⁉」

「声がしたの！」

しょこら？　どこにいるの？

（なんだかーからだがーふわふわするのー）

しょこら？　どうしたの？　どこにいるの？

（ここどこー？　レオがいるよー）

レオナルド殿下《でんか》？　私は隣《となり》の部屋にいるわ！

（となりー？　マーガレットー？　うぃー）

思わず部屋から飛び出してレオナルド殿下のお部屋に向かおうとした私の前に、真っ赤な顔をしたしょこらが現れた。

しょこら！　良かった！　無事だったのね！　……顔がとっても赤いけど体調が悪いの？大丈夫？　くっきーとみんとは？

興奮して一気にまくし立てた私に構わず、真っ赤な顔をしたしょこらはふわふわ飛んでいた。

（うぃーめがねはーステーキ食べてもー眼鏡ーうぃー）

……顔が真っ赤で、陽気で……。これってさっきまでのルイスと同じ様子よね……。まさか……。

「酔っ払《ぱら》い……？」

呟《つぶや》いた私の言葉に反応したのはルイスだった。

「マーガレット。僕は、決して酔っ払ってなどいません。証拠《しょうこ》にグラスにはまだなみなみとシャンパンが残って……。……!? すみません。眼鏡の調子が悪いようです」

ほとんど空になったグラスを見て慌《あわ》てたルイスは、立ち上がってボトルからシャンパンをグラスに注いだ。そうして席に座った後で、眼鏡を拭《ふ》いて、何事もなかったかのように言った。

「ほら。グラスにはまだなみなみとシャンパンが入っています」

……嘘《うそ》でしょ。眼鏡の調子のせいにして物理で乗り切ろうとしているわ。……さてはまだ酔っているわね。

（シャンパンー？　僕もシャンパン飲ーむよー）

しょこら。ダメよ。もっと酔っちゃうわよ？　もしかしてシャンパンを飲んでいて帰ってこなかったの？

（違《ちが》うよー僕たちにとってーシャンパンはー人間にとっての水なのーうぃー）

えっ？　そうなの？　意外すぎる事実に私が驚《おどろ》いている間にしょこらはルイスのグラスに注がれているシャンパンをごくごくと飲んでしまった。

「えっ⁉　グラスのシャンパンが……。また眼鏡の調子が悪いようです……」

しょこらが見えていないルイスは突然《とつぜん》グラスから減っていくシャンパンを見て、本当に眼鏡の調子が悪いと思ったようで必死に眼鏡を拭き出した。自由すぎるしょこらとルイスの様子に私がひたすら困惑《こんわく》している間にもしょこらはグラスに入っていたシャンパンを飲み終えた。

（復活ーマーガレットただいまーうぃー）

しょこら！　良かったわ！　おかえりなさい。……だけど、まだ酔っているわね？

（えへへーもう一杯《いっぱい》シャンパンちょうだいー）

私のグラスに入っているシャンパンも一気に飲んだしょこらは酔いが覚めたようだった。

（くっきーとみんとがまだ酔っ払ってるのー）

くっきーとみんとはどこにいるの？

（このお城の違う部屋ーエラって呼ばれてる意地悪女の部屋ー）

やっぱりエラ様が……。

どうしてエラ様と一緒《いっしょ》にいるの？

（僕たちはオレンジのはちみつ漬《づ》けにつられただけなのー）

オレンジの蜂蜜《はちみつ》漬け？　ソルト王国では蜂蜜はあまり流通していないので私には聞きなれないメニュー名だわ。

（パーティーでねーとっても美味《おい》しそうな匂《にお》いがしたのー）

みんとが言っていた匂いの正体はオレンジの蜂蜜漬けだったのね？

（そうだよー王宮のお部屋にオレンジのはちみつ漬けがいっぱいあったから三人で食べてたのー僕たちにとってはちみつは人間にとってのシャンパンと同じなのー）

意外すぎる事実がまた出てきたわ。妖精《ようせい》さん達にとってシャンパンは水と同じで、蜂蜜がシャンパンと同じだなんて……。レオナルド殿下にお伝えしたらきっととても驚いてくださるわね。

「マーガレットのグラスのシャンパンも無くなってしまっているように見えます」

拭き終わってピカピカになった眼鏡を掛《か》けたルイスが、空になった自分と私のグラスを見て首を傾《かし》げていた。

「やはり僕の大切な眼鏡の調子が悪いようです……」

悲しそうにそう言って、お気に入りの眼鏡と予備の眼鏡を取り替《か》えようとしているルイスを私は慌てて止めた。

「ルイス。違うの。眼鏡は正常よ。シャンパンはしょこらが飲んだの」

ルイスは妖精のしょこらがシャンパンを一気に二杯も飲んだということに驚くかと思ったけれど、ただただほっとしたようだった。

「眼鏡が正常で良かったです」

(めがねってば眼鏡のこと好きすぎー)

でも、どうして皆《みんな》はオルタナ帝国《ていこく》までエラ様について来たの？

(連れてこられたんだよー)

連れてこられた？

(夢中でオレンジの蜂蜜漬けを食べて酔《よ》っ払っている時に名前を呼ばれたのー)

しょこらの言葉で私はすべてを理解した。

エラ様は、妖精さん達にとって蜂蜜がお酒と同じ効果があると知っていたのだわ。オレンジの蜂蜜漬けで皆をおびき出して、減っていくオレンジを見ることで皆の位置を特定したのね。そして名前を呼んで……。きっとそれは、ドレスの裾《すそ》が汚《よご》れたと言ってパーティー会場から退出した時ね。

顔を見ながら名前を呼ばれたから、エラ様に皆が見えるようになったのね？

（そうみたいーそれで酔っ払《ぱら》って寝《ね》ちゃって気付いたらあの部屋にいたのーマーガレットのところに帰りたかったのに目が覚めると美味しい食べ物とはちみつを出されて帰れなかったのー）

……つまり、この数日間ずっと美味しいものを食べて、蜂蜜を飲んで、眠《ねむ》って、を繰《く》り返していたのね？

（えへへー）

しょこらは目を逸《そ》らしてパタパタと飛んでいた。……誤魔化《ごまか》そうとしているわね。……だけど、無事で良かった。くっきー、しょこら、みんとが元気で辛《つら》い目にもあっていなかったのならそれで充分《じゅうぶん》だわ。本当に良かった。

（マーガレットの声が聞こえたからがんばって飛んできたのー）

しょこら。ありがとう。くっきーとみんとは大丈夫《だいじょうぶ》なの？

（くっきーとみんとはあいつらに見えるから飛ぼうとすると止められちゃうのー）

えっ？　でもしょこらもエラ様に見えていたんでしょう？

（ううんーあいつらには僕が見えないのー）

どうしてしょこらだけ見えないのかしら？

（僕の名前をショコラタルトだと思ってるみたいー）

あぁっ。シャーロットがアンダーソン家のメイドに伝えたのが『クッキーやショコラタルトにも負けず劣《おと》らずなミントを使ったスイーツの開発をねだられる料理長の夢』の話だったからだわ。だから、エラ様は妖精さんの名前を、「くっきー」「しょこらたると」「みんと」だと思ったのね。正しい名前でなかったから、しょこらだけは見えるようにならなかったんだわ。

あいつらって言っているのは、エラ様とメイドの二人ね？

（そうだよーあいつら交互《こうご》に僕たちを見張ってるのー）

くっきーとみんとはエラ様のお部屋にいるのね？

（うんー酔っ払って寝てるよー）

「ルイス。レオナルド殿下《でんか》にお話があるの」
「くっきー様とみんと様の居場所も分かったのですね？」
「えぇ。やはりエラ様のお部屋にいるわ」
「すぐにレオナルド殿下と面会出来るようにします」

そう言って部屋から出て行ったルイスは本当にすぐに手筈《てはず》を整えてくれて、三十分後には私達はレオナルド殿下に用意されたお部屋に通されていた。そして、そのお部屋にはちゃんと三人分のデザートと追加のシャンパンが用意されていた。……オルタナ帝国の皇城で働くメイドの優秀《ゆうしゅう》さには驚《おどろ》かされてばかりだわ。

「マーガレット様。妖精達が見つかったって本当？」

私とルイスが椅子《いす》に座ったところでレオナルド殿下は私に話しかけた。

「はい。しょこらは今もここにいて、くっきーとみんとは、エラ様のお部屋にいます」

私は、しょこらから聞いた話をレオナルド殿下とルイスに伝えた。

「蜂蜜《はちみつ》が妖精《ようせい》を酔わせるなんてどこにも書いてなかったよ！　やっぱり本に書いてあることはあくまで事実の一部でしかなくて、実際に見ないと気付けないことはたくさんあるんだね！」

レオナルド殿下は新たな事実に瞳《ひとみ》を輝《かがや》かせた後で、真剣《しんけん》な顔になった。

「実はルイスから連絡《れんらく》が来たところで、僕もオリバー殿下に謁見《えっけん》の申し込みをしているんだ」

……すでにオリバー殿下にご連絡されているだなんて、さすがレオナルド殿下だわ。

「ディナーの後で当日の謁見の申し込みなんて通常はありえないんだけどね、オリバー殿下はあの性格だしすぐに了承《りょうしょう》してくれたよ」

「では……」

「オリバー殿下の準備が整ったら連絡が来るから、そしたら一緒《いっしょ》に謁見の間に向かおう」

「僕達も同席して問題ないでしょうか？」

「僕と、ルイスと、マーガレット様の三人でと伝えてあるよ。オリバー殿下とエラ様に至急でお話をさせていただきたいってね」

私はエラ様の感情を感じさせない完璧《かんぺき》な笑顔《えがお》を思い出して不安な気持ちになった。


「レオナルド！　ソルト王国では世話になったな！」

謁見の間に入った私達三人をオリバー殿下は、ソルト王国のパーティーでお会いした時と同じ明るい笑顔と大きな声で迎《むか》えてくださった。

オリバー殿下の隣《となり》に座るエラ様は、あのパーティーの時とは違《ちが》って無表情だった。

「オリバー殿下。急な謁見のご依頼《いらい》となってしまい申し訳ございません。このようなお時間をいただけたことを感謝いたします」

レオナルド殿下は丁寧《ていねい》に頭を下げた。レオナルド殿下の後ろに隣り合わせで並んでいたルイスと私も深くお辞儀《じぎ》をした。

「そんなに改まらなくて良《い》いさ！　従者も下がらせたからなんでも自由に話してくれ！」

オリバー殿下の言葉に私達は顔を上げた。私が顔を上げた瞬間《しゅんかん》、エラ様の黒い瞳と視線が交わったけれど、エラ様はすぐに私から視線を逸らした。

「エラ様のお部屋でソルト王国の大切な妖精をお預かりいただいているようなので、迎えに行かせていただきたいのです」

レオナルド殿下の凜《りん》とした声が謁見の間に響《ひび》いた。その言葉に謁見の間は沈黙《ちんもく》に包まれた。けれど、今度はエラ様の声が響いた。それは、動揺《どうよう》を感じさせない落ち着いた声だった。

「意味が分かりませんわ」

エラ様に続いて、困惑《こんわく》した様子のオリバー殿下がレオナルド殿下に問いかけた。

「レオナルド、分かるように説明してくれ。エラはオルタナ帝国《ていこく》の『妖精の愛《いと》し子』だ。ソルト王国は何も関係ないだろう？」

(筋肉王子は馬鹿《ばか》なのー？　妖精の愛し子はマーガレットだよー)

しょこらが怒《おこ》ったようにパタパタと飛び回った。やはりエラ様にはしょこらは見えていないのね。しょこらが近くを飛んでいてもまったく気付いていないわ。

「ソルト王国のマーガレット・モーガンこそが妖精の愛し子であると僕は確信しています」

レオナルド殿下は少しも怯《ひる》むことなく力強く言った。

その言葉と、堂々とした姿勢に、オリバー殿下は目を見開いて驚き、エラ様は不安そうに息を呑《の》んだ。


（さっすがレオーわかってるー）

しょこらは今度は嬉《うれ》しそうにレオナルド殿下の周りをパタパタと飛び回っていた。


レオナルド殿下は、ゆっくりと語りだした。

「ソルト王国で開催《かいさい》されたオリバー殿下とエラ様の歓迎《かんげい》パーティーの後から、マーガレットの側《そば》にいた妖精達が姿を消しました」

「オリバー殿下。このような話を聞く必要はありませんわ」

レオナルド殿下が言葉の途中《とちゅう》で一息ついたところでエラ様が言葉を挟《はさ》んだ。……最後までお話すら聞いていただけなかったらどうしようかしら……。

「エラ。レオナルドの話を最後まで聞こう。話はそれからだ」

私の不安とは裏腹にオリバー殿下はエラ様を窘《たしな》めてくださった。エラ様は一瞬悔《くや》しそうな顔をしたけれど、隣に座っているオリバー殿下にはその顔は見えていなかった。

「レオナルド、続けてくれ」

「ありがとうございます。……エラ様と一緒にソルト王国を訪《おとず》れていたアンダーソン公爵《こうしやく》家のメイドが、滞在《たいざい》期間中にマーガレットの友人であるホワイト男爵家を訪れて妖精に関する情報を得ていたことが判明しており」

「……何をおっしゃっているのかまったく分かりませんわ」

声だけ聞くととても冷静だけれども、先ほどより険しい顔をしたエラ様がまたレオナルド殿下の言葉を遮《さえぎ》った。

「エラ。とりあえず最後まで話を聞こう」

「…………分かりました」

エラ様が悔しそうに俯《うつむ》いたところで、レオナルド殿下は再び話し始めた。

「妖精は三人います。一人が本日見つかりました。そして、残りの二人がエラ様の部屋にいると申しております。彼らは、酔《よ》っ払《ぱら》って寝《ね》てしまっているそうなので、迎えに行かせていただきたいのです」

レオナルド殿下が『妖精は三人います』と言った瞬間にエラ様は思わずというように顔を上げた。その顔は、純粋《じゅんすい》に驚きに満ちていた。

私は、祈《いの》るようにオリバー殿下の答えを待った。……どうか、くっきーとみんとを救い出せますように。

「しかしいくら何でもそんな話を信じるわけにはいかない」

けれど、オリバー殿下が吐《は》き出したのはそんな言葉だった。

どうしよう。オリバー殿下に信じていただけないと……。エラ様のお部屋に入れないと、くっきーとみんとを助けることができないわ。

「そうですわ。すべてはソルト王国に都合の良《よ》いことを捏造《ねつぞう》しているだけです」

オリバー殿下《でんか》が自分の味方であると確信して、エラ様はすっかり落ち着きを取り戻《もど》していた。

「こんなことを言いたくはないですが、マーガレット様はソルト王国の聖女ですらない方でしょう？　しかも第一王子に婚約破棄《こんやくはき》までされているような方ですよね？　そのような方が『妖精の愛し子』を名乗るだなんて図々《ずうずう》しいにも程《ほど》があります。妹に婚約者を取られたことが悔しいあまりに自分は特別だと妄想《もうそう》でもしてしまったんじゃないでしょうか？」

エラ様の口から流れるように吐き出される私への中傷に、ルイスが声をあげた。

いです」

「エラ様。恐《おそ》れながら申し上げます。マーガレットが婚約を解消したことと今回のことは何も関係がございません。マーガレットの人格を否定なさるようなお言葉は取り消していただきたいです」

……ルイスはいつだってそうだわ。……私のために、いつだって私を守るために、相手が誰《だれ》であっても、声をあげてくれる人……。私は、エラ様に声をあげたルイスの顔を見た。とても真剣に、一点の曇《くも》りもない意志の強い瞳《ひとみ》で、まっすぐにエラ様を見据《みす》えていた。……けれど、エラ様はルイスのそんなまっすぐな瞳にも少しも動じることはなかった。

「貴方《あなた》は、ソルト王国の伯爵《はくしゃく》子息に過ぎませんわよね？　オルタナ帝国の公爵令嬢《れいじょう》である私に意見をするなど不敬です。それに私は、王子に婚約を破棄されたが故《ゆえ》に、伯爵子息に過ぎない格下の者と婚姻《こんいん》せざるをえなかったマーガレット様に同情すらしているのですよ？　自分が『妖精《ようせい》の愛し子』だと妄想することでしか現実が受け入れられなかった可哀想《かわいそう》な女性だ、と」

「エラ。さすがに言いすぎだ」

オリバー殿下がエラ様を止めたけれど、エラ様は今度はオリバー殿下に向かって真剣《しんけん》に訴《うった》えた。

「オリバー様。友好国であってもソルト王国は所詮《しょせん》オルタナ帝国に比べて遥《はる》かに小国です。いくら王太子殿下といえどオリバー殿下の婚約者である私を貶《おとし》めて、あろうことか自分が『妖精の愛し子』であるなどというマーガレット様の妄言を鵜呑《うの》みにしたレオナルド殿下にもお咎《とが》めがないなどありえませんわよね？」

エラ様の言葉に私は背筋が凍《こお》るように感じた。……私のせいで、ルイスが侮辱《ぶじょく》されて、レオナルド殿下の立場が悪くなっているわ。……私が、妖精さん達を守れなかったせいで……。私には何の力もなくて、一人では妖精さん達を見つけることも出来なかったせいで、私の大切な人達が……。

「俺はレオナルドを信用はしているが、やはりエラが言う通りマーガレット・モーガン夫人が『妖精の愛し子』だと信じることはとても出来ない」

オリバー殿下の言葉に私の心は絶望で染まった。

「それに俺はキースのことも昔から知っている。あいつは、恋《こい》に溺《おぼ》れて自分を見失うような愚《おろ》かな王子なんかではないと、今でもそう信じている。きっと婚約を破棄せざるをえないような過失が相手の女性にあったのだと、そう考えている」

オリバー殿下はそう言って私を見た。……だけど、その目は、本当の意味では私を見ていなかった。侮蔑《ぶべつ》に満ちたその瞳を見て、私は気付いた。

オリバー殿下は、『聡明《そうめい》なキース殿下に婚約を破棄された女』というフィルター越《ご》しに私を見ているのだわ。

……ソルト王国でのパーティーの時にもきっと私のことを快くは思っていなかったけれど、感情を隠《かく》して穏《おだ》やかに接してくださっていたのね。けれど、よりにもよってそんな私が、妖精の愛《いと》し子であると名乗ったことで、私に対する負の感情を隠す必要はない、と判断されたのだわ。……マーガレット・モーガンは、キース殿下に婚約を破棄されても仕方のないような、嘘《うそ》つきの侮蔑すべき女だ、と……。

私がそんなことを思っている時にしょこらの怒《おこ》った声が聞こえた。

(もう我慢《がまん》できないーこいつらやっちゃうーお前たちいけー)

しょこらの声のすぐ後にたくさんの蜂《はち》が現れて、その蜂達はオリバー殿下とエラ様に向かって一斉《いっせい》に飛んで行った。

「なっ？　何なの？　嫌《いや》だわ。来ないで！」

エラ様は、いきなり現れた蜂達に驚《おどろ》き怯《おび》えていた。

「この蜂は……」

オリバー殿下は、なぜか呆然《ぼうぜん》としたように向かってくる蜂を見つめていた。

しょこら！　ダメよ！　お願い！　蜂を消してあげて！　人間を傷つけちゃダメよ！

（でもこいつらマーガレットにひどいこといっぱい言ったー）

それでもダメよ！　オリバー殿下やエラ様の言葉で私が傷つくことはないから大丈夫《だいじょうぶ》。それよりもしょこらが人間を傷つけてしまうことの方が悲しいわ。

（うーわかったーでもこいつら嫌《きら》いー）

しょこらはしぶしぶとだけど、蜂達を消してくれた。

「エラ。もう大丈夫だ。蜂は消えた」

呆然としていたオリバー殿下が我に返り、隣《となり》で震《ふる》えるエラ様に声を掛《か》けた。その後で、独り言のように呟《つぶや》いた。

「……まさかマーガレット夫人を守るために蜂が現れたのか？　……蜂が消える前、マーガレット夫人は惚《ほう》けた顔をしていた……あれは……」

オリバー殿下は、その燃えるような赤い髪《かみ》と同じ赤い瞳でもう一度私を見た。……その目には、もう『キース殿下に婚約を破棄された女』というフィルターはかかっていなかった。

「そのようなはずがないですわ！　『妖精の愛し子』は私です！」

動揺《どうよう》から立ち直ったエラ様が、必死にオリバー殿下に語り掛けたけれど、私を見つめるオリバー殿下の視線がエラ様にうつることはなかった。

「それにマーガレット様が『妖精の愛し子』だという証拠《しょうこ》などございませんわよね？」

オリバー殿下が自分の方を向いてくださらないことで更《さら》に焦《あせ》ったエラ様は必死で言った。

「マーガレットが妖精の愛し子だという証拠があれば、エラ様のお部屋に入れていただけますか？」

レオナルド殿下が、エラ様に向かって聞いた。

「ええ！　もしもこの場にいる誰もが認める証拠があるのであれば、いくらでも私の部屋を調べさせてあげましょう。けれどマーガレット様の妄言だけではなく、きちんとした明確な証拠がなければ私は認めません」

エラ様は、レオナルド殿下に向かってきっぱりと答えた。エラ様の言葉を聞いたレオナルド殿下は、私の方を向いた。

「マーガレット様は、僕の判断に従うと言ってくれたよね？」

「はい。私は、レオナルド殿下のご判断が正しいと信じておりますので、そのご判断に従います」

「ありがとう。ねぇ。マーガレット様。しょこら様がいる場所を教えてくれる？」

レオナルド殿下《でんか》のその言葉に、エラ様が「ひっ」と息を呑《の》む声が聞こえた。私にもレオナルド殿下の意図が分かった。確かにそれは、この場にいる誰《だれ》もが認めざるをえない確かな証拠になるだろう。

しょこら、みんなにしょこらの姿が見えるようになっても大丈夫？

（レオとめがねはいいよー筋肉王子と意地悪女は嫌ー）

でもね、しょこらの姿を見てもらうことが、くっきーとみんとを助けるためには必要なの。だからお願い。

(うー分かったーくっきーとみんとのためならいいよー)

ありがとう。じゃあ私の顔の前に来て、私と同じ方向を向いてくれる?

しょこらはパタパタと飛んできて、私の顔の前で皆《みんな》の方を向いた。

「今、私と同じ目線の位置にしょこらがいます」

「マーガレット様ありがとう。オリバー殿下、マーガレットを見て、僕と同じことを言ってください」

オリバー殿下に向けて言ったレオナルド殿下の言葉にエラ様が震えた。

「オリバー殿下。どうかレオナルド殿下の言葉に従わないでください。オルタナ帝国《ていこく》の公爵令《こうしゃくれい》嬢《じょう》でありオリバー殿下の婚約者《こんやくしゃ》でもあるこの私を侮辱《ぶじょく》した不敬罪ですぐにレオナルド殿下を捕《と》らえてください。ソルト王国のような小国の王太子殿下の言葉にオリバー殿下が従う必要などございません。どうか惑《まど》わされないでくださいませ」

レオナルド殿下は、エラ様の言葉が途切《とぎ》れると同時に、私の方を向いて優《やさ》しく言った。

「しょこら」

そんなレオナルド殿下に続いて、オリバー殿下は迷うことなく、私を見て真剣《しんけん》に言った。

「しょこら」

そして、ルイスも私を見て言った。

「しょこら様」

オリバー殿下が『しょこら』と名前を呼んだことで顔色を真っ青にしたエラ様も、結局、呟いた。

「……しょこら」

そして、レオナルド殿下、オリバー殿下、ルイスは一斉に驚嘆《きょうたん》の声をあげた。

「これが妖精《ようせい》？　君がずっとマーガレット様とソルト王国を守ってくれていたんだね？」

「……嘘だろ……」

「しょこら様。……お久しぶりです」

（本当にレオとめがねに僕が見えてるのー？　すごーい）

しょこらは嬉《うれ》しそうにレオナルド殿下とルイスの周りを飛び回った。……オリバー殿下のことは完全に無視しているわね……。ひとしきり楽しそうに飛び回った後で、しょこらはエラ様の前に飛んで行った。

（こいつ嫌いーくっきーとみんとを返せー）

その決定的な言葉、この場にいる誰もが認めざるをえないほどの明確な証拠に、エラ様の顔面は一瞬《いっしゅん》で蒼白《そうはく》になった。

「エラ……。なんてことを……」

エラ様の隣でオリバー殿下も顔を真っ青にしていた。

「どうして？　私は、『しょこら』という名前も試《ため》したわ。妖精は三匹《びき》いるはずなのにどうしても二匹しか見えなかった。……『しょこらたると』という名前が違《ちが》うのかもと思って『しょこら』や『たると』に『すいーつ』まで色々と試してみたけれど結局見えるようにはならなかったのに。……きっと妖精は二匹だけなのだと安心していたのに……」

エラ様は呆然《ぼうぜん》としながら呟いていた。

しょこら。もしかしてエラ様に見られないように顔を隠《かく》していたの？　でも顔を見ながら名前を呼ばれると妖精さん達のことが見えるようになるなんてしょこらも知らなかったのよね？

(知らないよー？　僕は酔《よ》っ払《ぱら》ってすぐにみんとのお腹《なか》で寝《ね》ちゃったのー目が覚めたらくっきーとみんとと一緒《いっしょ》に意地悪女の部屋にいたのー)

みんとのお腹に突《つ》っ伏《ぷ》して寝てたからエラ様に顔を見られてしまうことがなかったのね。

……というかまさかみんとのお腹の場所にしょこらの顔があるなんて思わなかったから顔を見て名前を呼ぶという条件が満たせなかったのね。

(えっへん僕おてがらー)

そうね。しょこら偉《えら》いわ。

(わーいマーガレットに褒《ほ》められたー)

しょこらは嬉しそうにパタパタダンスを始めた。

「マーガレット様だけは言葉ではなく、心で妖精と会話ができるんだね」

レオナルド殿下は優しい顔で私を見つめていた。

ついうっかりいつもの調子でしょこらとお話ししてしまったけれど、レオナルド殿下達には私の心の声が聞こえなくて、逆にしょこらの声だけ聞こえている状態なのね。

「マーガレットがいつも惚《ほう》けている時にとても幸せそうな顔をしていた理由がわかりました」

ルイスはとても嬉しそうにしょこらのダンスを見つめていた。

「しょこら。一つ教えてくれるかな？　妖精の愛《いと》し子はここにいるエラ様なの？」

レオナルド殿下が優しくしょこらに聞いた。

（まさかー意地悪女なわけないよー僕たちの愛し子はマーガレットだけだよー）

しょこらはそう言って、私の周りをパタパタと飛び回った。

「妖精自身がマーガレットだけが妖精の愛し子だと認めています。エラ様、これ以上の証拠《しょうこ》はありますか？」

レオナルド殿下にまっすぐに見つめられたエラ様は、何も言えずに俯《うつむ》いていた。

「……すぐにエラの部屋に向かおう」

オリバー殿下は静かな声で言った。その言葉にエラ様は顔を上げた。その顔は、さっきまでとは違ってとても必死なものだった。……その顔が、私にはとても歪《ゆが》んで見えた。

「オリバー様。……今ならばまだ誰《だれ》も事実を知りません。……このままオリバー様さえ黙《だま》っていてくだされば、私は『妖精の愛し子』のままでいられます。くっきーとみんとは私の願いを聞いてくれます。先日も、蜂蜜《はちみつ》を与《あた》えると言ったら皇城を光らせてくれました。……オリバー様さえ目を瞑《つぶ》ってくだされればオルタナ帝国はもっと発展できます」

エラ様の言葉に、オリバー殿下《でんか》は何も答えなかった。それをどう受け取ったのか畳《たた》みかけるようにエラ様は言葉を続けた。

「どうかオルタナ帝国のために賢明《けんめい》なご判断をなさってくださいませ。『妖精の愛し子』はソルト王国にではなく、オルタナ帝国にこそ必要な存在です」

……まさかオリバー殿下は、エラ様の言葉を受け入れて、このままエラ様を妖精の愛し子のままになんてしないわよね？　くっきーとみんとを蜂蜜で酔っ払わせて言うことを聞かせるだなんて絶対に許せないわ。私のそんな心配を余所《よそ》にオリバー殿下の心には迷いは少しもないようだった。

「オルタナ帝国の皇太子として、ソルト王国のレオナルド殿下以下三名が、エラ・アンダーソン公爵令嬢の部屋に入室することを許可する」

それは、オルタナ帝国の皇太子殿下としての絶対的な声だった。エラ様は今度こそ絶望したように項垂《うなだ》れた。

（くっきーとみんとは酔っ払ってるからシャンパンをいっぱい持っていってあげよー）

張り詰《つ》めた空気を無視したしょこらののんきで明るい声に、私はうっかり笑いそうになってしまった。……ルイスの肩《かた》も少し震《ふる》えていた。

「……せめてノックをさせてください」

エラ様のお部屋に着いたところで、エラ様は改めて必死でオリバー殿下に訴《うった》えた。

「ダメだ。事前に示し合わせたノックの回数で、中にいるメイドに妖精を隠すように指示できるかもしれない」

オリバー殿下は、冷たい瞳《ひとみ》でエラ様を見て、そのままノックをせずにエラ様のお部屋のドアを開けた。

「オリバー殿下!?」

開いたドアの前には、驚《おどろ》き慌《あわ》てるメイドがいた。……その手には小さい瓶《びん》が握《にぎ》られていた。

……もしかして中身は蜂蜜かしら……。

「エラ様……。これは一体……」

メイドは驚愕《きょうがく》の顔をしてエラ様を見た。それから、私の顔を見て息を呑《の》んだ。

「……どうして……貴女様《あなた》が……。エラ様……まさか……」

やはり私のことを知っているのね。彼女が、エラ様専属の、ホワイト男爵家《だんしゃく》で聞き込みをしていたメイドなのだわ……。

（くっきーとみんとはベッドの近くだよー意地悪女とこの女が交互《こうご》に見張ってるのー）

を……」

「寝室《しんしつ》に入ろう」

オリバー殿下は、まっすぐに寝室に向かった。

「なっ⁉　おっ、お待ちくださいませ。いくら婚約者といえど、婚姻《こんいん》前の令嬢《れいじょう》の寝室に入るなど……。公爵《こうしゃく》家の使用人としてさすがにご案内をすることはできません……。公爵様にご連絡《れんらく》を……」

しょこらが見えていないメイドは、まっすぐに寝室に向かおうとするオリバー殿下を必死で止めようとした。通常であれば、一介《いっかい》のメイドが皇太子殿下に口出しをするだなんてありえないけれど、未婚の女性の寝室に入ることはいくら皇太子殿下といえど常識ではありえないから、公爵家の名前を持ち出して必死で止めようとしているのだわ。だけど、オリバー殿下はメイドの言葉を無視してそのまま歩き続けていた。

「……エラ様……」

メイドは困り果ててエラ様を見た。エラ様は、泣きそうな顔をして、メイドに告げた。

「クロエ。……妖精《ようせい》はもう一人いたの……」

「……まさか……」

クロエと呼ばれたメイドは放心したように瓶を落とした。

（はちみつだー）

瓶が落ちた衝撃《しょうげき》で、蓋《ふた》が開いて、その中身が床《ゆか》に撒《ま》かれた瞬間《しゅんかん》にしょこらが嬉《うれ》しそうに叫《さけ》んだ。

しょこら。食べちゃダメよ？

（わかってるよーくっきーとみんとにシャンパンを飲ませてあげるのが先なのー）

私としょこらがそんな話をしている間にも前を歩いていたオリバー殿下は寝室の扉《とびら》を開けた。

続いて寝室に入った私は必死でベッドの近くを捜《さが》した。ベッドの横に、バスケットが置かれていて、その中で毛布に包まれてくっきーとみんとが眠《ねむ》っていた。

……やっと、やっと見つけたわ。

「マーガレット様。くっきーとみんとはいた？」

レオナルド殿下の言葉に私は頷《うなず》いた。

「あのバスケットの中にいます」

私の言葉を聞いたオリバー殿下はまっすぐバスケットに向かっていって、バスケットを覗《のぞ》き込んだ。

「くっきー。みんと」

そんなオリバー殿下に続いて、レオナルド殿下とルイスもバスケットを覗き込んだ。

「くっきー。みんと」

「くっきー様。みんと様」

くっきー、みんと。目を覚まして。

(くっきー、みんとー、マーガレットが呼んでるよー)

私達の声に、ぐっすりと気持ちよさそうに眠っていたくっきーとみんとはゆっくりと目を開けた。

(うぃーマーガレットらー?)

(マーガレットとはマーガレットなのである)

あっ。これはさっきのしょこらと同じ状態ね。

（レオもいるらー？　レオが好きらーうぃー）

（めがねとは眼鏡なのである）

くっきーはしょこらと同じで陽気になるタイプで、みんとは無意味なことを言うタイプだったのね。……なんて妖精さん達が酔《よ》ったらどうなるかを観察している場合ではないわ。

しょこら。くっきーとみんとにシャンパンを飲ませてあげて。

（わかったーこうするのが早いよー）

しょこらの言葉と同時に、ルイスが持っていたシャンパンのボトルが浮《う》かび、くっきーとみんとの上でコルクが弾《はじ》け飛んで、くっきーとみんとにシャンパンが降り注いだ。

（シャンパンらーうぃーおいしいらー）

（我、シャンパンで溺《おぼ》れているのである）

『シャンパンで溺れさせてやろうか』とよく言っているみんと自身がシャンパンで溺れる日が来るなんて……。どうしよう……。とっても可愛《かわい》いわ……。降り注ぐシャンパンに溺れそうになりながらも、必死でシャンパンを飲んでいるくっきーとみんとがとても可愛くて、こんな時なのに私は思わず微笑《ほほえ》んでしまった。

(目がさめたらーしょこらありがとうらー)

(シャンパンとは最高の酔いざましなのである)

くっきー、みんと！　まだちょっと怪《あや》しいけど酔いが覚めたのね？　無事で良かったわ！

(マーガレットだーマーガレットが迎《むか》えに来てくれたー)

(蜂蜜《はちみつ》の罠《わな》に溺れて動けなくなってしまうとは不覚だったと反省してやろう)

くっきー、しょこら、みんと。皆《みんな》がいなくて本当に寂《さび》しかったの。皆に会えてとても嬉しいわ。

(私たちもー)

（マーガレットに会いたかったのー）

（限りない喜びに打ち震《ふる》えていると気付かせてやろうか）

そう言って妖精さん達は、パタパタと私の周りを楽しそうに飛び回った。

（レオもいるー）

くっきーってばさっきもレオナルド殿下《でんか》のことを呼んでいたけれどやはり酔っ払《ぱら》っていたのね。……さりげなく告白してしまっていたけれど……。そのことは言わないでおいてあげた方が良《い》いかしら……。

「くっきー。実際に話をするのは初めてだね」

レオナルド殿下は、くっきーを見て嬉しそうに笑った。

（えーなんでレオに私が見えるのー？）

（まだ酔っているのだと気付いてやろうか）

事情を知らないくっきーとみんとはとても驚《おどろ》いていた。そんなくっきーとみんとに向かって、しょこらが得意げに言った。

(レオだけじゃないよーめがねにも僕たちが見えてるんだよー)

「……マーガレット。実は以前妖精様達とお会いした夢の中でも薄々《うすうす》思っていたのですが、もしかして妖精様達が言っている『めがね』とは僕のことでしょうか?」

ルイスは眼鏡をくいっとしながら私に問いかけた。……いくら眼鏡が好きでも妖精さん達から名前ではなくて『めがね』と呼ばれていたなんてルイスが傷つくかしら……。でもさすがに誤魔化《ごまか》せないわよね。

「えぇ……。『めがね』とはルイスのことよ……」

「光栄です」

私の心配とは裏腹にルイスはとても誇《ほこ》らしげにもう一度眼鏡をくいっとした。

「……光栄?」

「眼鏡は僕自身なので」

今まで眼鏡は分身だったはずなのに、ルイスは遂《つい》に眼鏡になってしまったのね。

（レオとお話できるなんて夢みたいー）

「以前、僕の願いを叶《かな》えてくれてありがとう。ずっと御礼《おれい》を言いたかったんだ」

（えへへーでもあれはレオのためだけじゃないよー）

（僕たちがマーガレットの幸せを守ったのー）

（レオに言われなくてもそのつもりだったと気付かせてやろうか）

「レオナルド殿下の願い？」

首を傾《かし》げたルイスに私は説明をした。

「レオナルド殿下は、ルイスと私が結婚《けっこん》できるように妖精《ようせい》さん達にお願いしてくださったの。……私の幸せはルイスと結婚することだから、と……」

「レオナルド殿下が僕達のために……」

ルイスは感動したように呟《つぶや》いた。そんな私達の会話を聞いていたオリバー殿下が、レオナルド殿下に問いかけた。

「レオナルド。まさかお前は、妖精に願いを叶えてもらうチャンスがあったのに、マーガレット夫人の幸せを願ったのか？」

「マーガレットは、ソルト王国の大切な国民です。国民の幸せを願うことは王子として当然のことです」

きっぱりと答えたレオナルド殿下を、オリバー殿下は呆然《ぼうぜん》としたように見つめていた。

(筋肉王子はマーガレットの味方ー？)
(違《ちが》うよーマーガレットに酷《ひど》いこと言ってたよー)
(我々を閉じ込めたやつらとあわせて懲《こ》らしめてやろうか)

さっきまで楽しそうに飛び回っていたのが嘘《うそ》のように妖精さん達は不穏《ふおん》な会話をし始めた。

その言葉に怯《おび》えたのはエラ様だった。

「ごめんなさい。ごめんなさい」

先ほど蜂《はち》に襲《おそ》われそうになった恐怖《きょうふ》を思い出したのか震えながら妖精さん達に謝罪を始めた。

「エラ様……」

「クロエも早く謝りなさい」

エラ様に命令されたクロエという名のメイドは、真っ青な顔をして頭を下げた。

「……申し訳ございませんでした」

くっきー、しょこら、みんと。もしかしてエラ様達に何か酷いことをされたの？

（ううんー目が覚めるたびにはちみつをくれただけー）

（オレンジとかももとかレモンが入っててておいしかったのー）

（常に夢見心地《ごこち》だったと白状してやろうか）

……つまり何も酷いことはされていなくて、フルーツの蜂蜜《はちみつ》漬けが美味《おい》しくて酔《よ》っ払って帰ってくることができなかっただけなのね？

（でもマーガレットに会いたかったのー）

（帰ろうとしてもこいつらにはちみつで酔わされてたのー）

（しょこらには我々がこっそりと蜂蜜を分けていたのだと教えてやろうか）

だけど、酷いことをされていないのなら、どうかエラ様を許してあげて。あなた達に人間を傷つけてほしくないの。


(でもーこいつら嫌《きら》いー)

(僕の名前だけ間違《まちが》えたー)

(復讐《ふくしゅう》ではなく因果応報だと思い知らせてやろうか)


妖精さん達は、エラ様とクロエの周りをいつもとは違って怒《おこ》った顔をしてパタパタと飛び始めた。その羽音が聞こえるたびにエラ様の震えが増しているようだった。

「マーガレット様。本当に申し訳ございませんでした。……お願いします。どうか妖精を止めてください」

妖精さん達に謝罪しても効果がないと思ったのか、エラ様が必死な顔をして私に言った。

「どうして妖精さん達を誘拐《ゆうかい》したのですか?」

私は震《ふる》えるエラ様達に問いかけた。


私は、ずっと妖精さん達に『どうか人間を傷つけないで』とお願いしてきた。だって、彼らが人間を傷つけようとする時、いつだってその理由は、『マーガレットが傷つけられたから』

だったから。私がされたことに怒って、私の代わりにその相手を傷つけようとする彼らにだからこそ、私はその怒《いか》りをおさめてくれるようにお願いすることができた。

……だけど、今回は、今回傷つけられたのは、私ではなく、妖精さん達自身だから……。

私にされたことに対してではなく、自分自身にされたことに対しての怒りだから……。妖精さん達自身の怒りがおさまらないのならきっと止めることなんてできないのだわ……。だから、私はエラ様に理由を聞いた。エラ様にどうしようもない事情があったのなら、もしかしたらくっきー、しょこら、みんとの三人も怒りをおさめてくれるかもしれないから。


「……『妖精の愛《いと》し子』でない私には、価値がないからです……」


エラ様は、真っ青な顔をして、震える声で、それでも言葉を紡《つむ》いだ。

「……アンダーソン公爵《こうしゃく》家に生まれた女子は『妖精の愛し子』であることを期待されます。私もずっとそうであることを期待されていました。……でも私には妖精が見えないのです……」

クロエがエラ様を庇《かば》うように言葉を重ねた。

「アンダーソン公爵は、とても『妖精の愛し子』に執着《しゅうちゃく》しておられて……。ご自分の一人娘《ひとりむすめ》であるエラ様が『妖精の愛し子』であることを心から願っておいででしたので、エラ様への期待もとても大きかったのです」

「……歴代のアンダーソン公爵家の当主は代々『妖精の愛し子』について研究をしておりました。その研究に関する書物は、アンダーソン公爵家のお屋敷《やしき》の地下に大切に保管されており、アンダーソン公爵家の血を引く者だけがその地下の部屋に入ることが出来るのです。……二年近く前にオルタナ帝国《ていこく》に奇跡《きせき》が起きた時、すぐにそれが『妖精の愛し子』の奇跡であると分かりました。その奇跡は、オリバー殿下《でんか》の婚約者《こんやく》としてオルタナ帝国の状況《じょうきょう》に心を痛めていた私が起こしたいと思っていた通りの奇跡でした。……私に『妖精の愛し子』の力があったなら、もっと早くあの奇跡を起こせたのに、とそう思いました」

エラ様は、私を見た。

「二度目の奇跡が起きた時、マーガレット様の存在に辿《たど》り着きました。マーガレット様はソルト王国の人間だったので、もうオルタナ帝国に奇跡は起こらないかもしれないと思いました。オリバー殿下の婚約者として無力な自分に絶望したのです。私が『妖精の愛し子』であったなら、オルタナ帝国をもっと豊かにすることができたのに。……だから当公爵家だけに伝わる『妖精にとってはフルーツの蜂蜜漬けがお酒と同じ効果がある』という事実を利用してしまったのです……」

エラ様は、その黒い瞳《ひとみ》から涙《なみだ》を流して、妖精さん達やオリバー殿下に訴《うった》えかけるように言葉を続けた。

「……許されることではないとはもちろん分かっておりました。……それでも私は、私自身の証明として『妖精の愛し子』になりたかったのです。……『妖精の愛し子』でない私は、何の価値もない人間だと、ずっと、そう思って生きていたのですわ。何よりも『妖精の愛し子』になって、この国をもっと豊かに発展させたかったのです。……ただそれだけなのです」

エラ様の涙を見たオリバー殿下の赤い瞳が揺《ゆ》れた。

「エラ。君は俺の婚約者だ。『妖精の愛し子』でなくても、それは変わらなかっただろ？　皇太子の婚約者である君に価値がないはずないだろうに」

「……オリバー様。……ありがとうございます……。私は、とんでもないことをしました。しかしすべては、両親に、そしてオリバー様に愛されたかっただけなのです。私はオルタナ帝国を守りたかったのです。……どうかそれだけは信じてくださいませ」

オリバー殿下と涙を流すエラ様は、お互《たが》いまっすぐに見つめ合っていた。それは、とても美しい光景のように、私には見えた。ルイスも私の隣《となり》で静かにその光景を見守っていた。

……けれど、なぜかレオナルド殿下だけは、いつかキース殿下に向けていたような厳しい眼《まな》差《ざ》しでエラ様を見ていた。

そんなレオナルド殿下の眼差しに一抹《いちまつ》の不安を感じつつも、私は、妖精《ようせい》さん達に話しかけた。

くっきー、しょこら、みんと。私にはオルタナ帝国をもっと豊かにしたかったというエラ様のお気持ちが理解できるわ。……だから、できるなら皆《みんな》もエラ様を許してあげてくれないかしら？

（マーガレットだまされないでー）

（意地悪女の周りの空気は汚《きたな》いよー）

（心がなくても涙を流すことができる人間もいるのだと無情な現実を思い知らせてやろうか）

妖精さん達の言葉にエラ様はまた息を呑《の》んだ。……さっきまでその黒い瞳からポロポロと流れていた涙はいつの間にか止まっていた。

「……くっきー様、しょこら様、みんと様。皆様《みなさま》を酔わせてオルタナ帝国までお連れしたことは本当に申し訳ございませんでした。深く反省しております。けれど私が今お話ししたことに嘘偽《うそいつわ》りは一つもございません。……マーガレット様を傷つけるつもりもなかったのです。……すべてはただ、オルタナ帝国のためだけだったのです」

（私たちは嘘がわかるのー）

（本当のことしか言えない魔法《まほう》をかけてあげるー）

（嘘偽りだらけだと筋肉王子に知らしめてやろうか）

「本当のことしか言えない魔法!?　嘘でしょ!?　やめっ」

エラ様は、妖精さん達の言葉に抵抗《ていこう》しようとしたけれど、妖精さん達の動きは速かった。

キラキラ

突然《とつぜん》エラ様の身体《からだ》が光に包まれて、まばゆい輝《かがや》きを放った。


「……やめて……」

輝きが消えた後のエラ様に何も変わったところはなさそうに見えた。……だけど、本当のことしか言えない魔法とは嘘がつけないということ？

「エラ様。大丈夫《だいじょうぶ》ですか？」

思わず話しかけた私を、エラ様が睨《にら》みつけた。

「最悪です！　マーガレットがもっとしっかり妖精を管理して命令を聞くようにしておけば、私がこんな魔法を掛《か》けられることなどなかったはずなのに！」

妖精さん達を管理して命令するだなんて……。……まさか、これがエラ様の本心なの？

「……エラ。どうして妖精を誘拐したんだ？」

オリバー殿下が、静かな、だけど、どこか怒りのこもった声でエラ様に問いかけた。

「エラ様！　どうか何もお話しにならないでください」

この状況を理解したクロエが必死にエラ様に沈黙《ちんもく》を貫《つらぬ》かせようとしたけれど、エラ様は口を開いた。

「どうしてだなんて決まっているではないですか？　マーガレットなんかよりも、私こそが『妖精の愛し子』であるべきだからです！」

エラ様の声だけが寝室《しんしつ》に響《ひび》き渡《わた》った。

「マーガレット・シルバーという女が『妖精の愛し子』ではないかという報告書と、マーガレット自身の調査結果を見た時には、悔《くや》しくて悔しくてたまらなかったわ。だって彼女は、オルタナ帝国の血を半分しか引いていないうえに、母親だって伯爵《はくしやく》家にすぎないのですよ！　私は、公爵家の父と侯爵《こうしゃく》家の母を持つ正真正銘《しょうしんしょうめい》のオルタナ帝国の由緒《ゆいしょ》ある名家の出なのに！」

（我々はマーガレット自身しか見ていないと気づかせてやろうか）

（僕たちが好きになるのにそんなの関係ないよー）

（由緒ある名家ってなにー？）

「それに！　マーガレットの父親は、公爵家を潰《つぶ》しかけてオルタナ帝国の伯爵家からの援助《えんじょ》で持ち直したのにも拘《かか》わらず、結局は爵位の返還《へんかん》までしているような無能です！　そのうえ異母妹は、姉の婚約《こんやく》者を誘惑《ゆうわく》するような恥知《はじし》らずですわ！　そのような汚《けが》れた者達と血の繫《つな》がっているような者が『妖精の愛《いと》し子』だなんてありえないわ！」

（それってマーガレットと関係あるー？）

（おじさんとシンシアは嫌《きら》いー）

（我々はマーガレット自身しか見ていないと徹底《てってい》的に教え込んでやろうか）

「マーガレット自身だって至らないに決まってる！　異母妹と浮気《うわき》されて第一王子から婚約破《は》棄《き》されたなんてマーガレット自身にどこか欠陥《けっかん》があるはずだわ！　それに婚約破棄されたから

仕方なく格下の伯爵子息などと結婚させられているのでしょう?」

(クソ王子なんてどうでもいいよー)

(マーガレットはめがねといると顔が赤くなるんだよー)

(マーガレットの幸せはマーガレット自身が決めるのだと伝えてやろう)

すごいわ。妖精さん達がエラ様を完全に論破している。……あまりにお見事すぎてすっかり傍観《ぼうかん》してしまったけれど、私、かなりのこと言われているわよね? いえ、私のことはいいのだけれど、ルイスのことを悪く言われるのは嫌《いや》だわ。私が怒《いか》りを込めてエラ様を見ようとした時、私の視界がルイスの背中で塞《ふさ》がれた。

「……ルイス?」

ルイスは、エラ様と私の間に立った。それはまるで、エラ様の悪意ある視線から私を守るようだった。……『聖女の儀式《ぎしき》』の後で、キース殿下《でんか》から婚約の破棄をほのめかされた時と同じように……。ルイスは、私をいつだって自分に出来る精一杯《せいいっぱい》で守ろうとしてくれるのだわ。

「どうして!? どうして私ではないの? 私は、オルタナ帝国《ていこく》の公爵家の娘《むすめ》で、皇太子殿下であるオリバー様の婚約者なのよ! 私ほど『妖精の愛し子』に相応《ふさわ》しい人間などいるはずがないのに！　どうして私ではないの？　マーガレット・シルバーよりも私の方がずっと世界中の人間から愛されて賞賛されるべき人間なのに！」

繰《く》り返すエラ様の言葉に、妖精さん達は興味を失ったように、もう何も答えなかった。

（もうどうでもいいやー）

（僕たちが意地悪女を愛することなんてないもんー）

（愛しいの反対は無関心だと気づかせてやろうか）

「僕は、妖精《ようせい》の愛し子だからではなくマーガレットを愛しています。それはたとえマーガレットが公爵令嬢《れいじょう》でなかったとしても変わりません」

ルイスの凛《りん》とした声が響いた。

ルイスは、いつだって私を見てくれた。妖精の愛し子としてではなく、公爵令嬢だからではなく、私自身を。

「ソルト王国の伯爵子息に過ぎないルイス様の愛情などいりません」

エラ様はばっさりと言った。

「エラ様が愛されて賞賛されたい世界中の人間とは、一体誰《だれ》のことなのですか？」

少しも怯《ひる》むことなくルイスはエラ様に問いかけた。

「だから！　世界中の人間全員よ！　誰からも認められるためには『妖精の愛し子』である必要があるの！」

「世界中の人間全員の中に僕は含《ふく》まれないのですか？」

「……えっ？」

「目の前にいる僕にすら尊敬されない人間が、妖精の愛し子に相応しいのでしょうか？」

ルイスの言葉にエラ様は一瞬《いっしゅん》怯んだけれど、それでも言葉を続けた。エラ様のお顔は、初めてソルト王国のパーティーでお会いした時からは想像もできないほどに醜《みにく》く歪《ゆが》んで見えた。

「黙《だま》りなさい！　たかがソルト王国の伯爵子息ごときに何も言われる筋合いはないわ！」

その時、ずっと静かに事態を見守っていたレオナルド殿下が、まっすぐにエラ様を見て言葉を発した。

「エラ様がおっしゃっている理論の通りであれば、オルタナ帝国で一番身分の高い女性、オリバー殿下の妹君であるアイラ王女こそが、妖精の愛し子に相応しいということですか？」

「それは……」

確かにエラ様はご自分が私よりも妖精の愛し子に相応しい理由としてずっと家格をあげていたわ。だとすればエラ様よりも身分の高いアイラ王女の方が、妖精の愛し子に相応しいというレオナルド殿下の指摘《してき》は至極《しごく》真っ当なもので、だからこそエラ様は今度こそ何も言えなくなってしまったのだわ。

「第一、歴代の妖精の愛し子に身分は関係ありませんでした。確かに王女が愛し子だった時もありましたが、男爵令嬢や、平民が愛し子だった時もあります。ソルト王国の僕ですら知っている事実を、エラ様がご存じないはずがないですよね？」

続くレオナルド殿下の言葉にもエラ様は何も反論できず、悔しそうに唇《くちびる》を噛《か》んだ。そして、憎《にく》しみのこもった目で私を見た。

「ソルト王国の『聖女』とすら認められていないような女が『妖精の愛し子』だなんて私は絶対に認めないわ！　私だったら妖精をもっとしっかり管理して、自分のためになるような命令を聞かせることができるはずだもの！」

(私たちはマーガレットが好きなだけだよー)

(意地悪女の命令なんて聞くはずないよー)

(いい加減醜い本音を聞き続けるのが苦痛だ)

キラキラ

妖精さん達の言葉とともに、エラ様の身体《からだ》が光に包まれて、まばゆい輝《かがや》きを放った。

「エラ様。魔法《まほう》が解けたのですか？」

クロエが心配そうにエラ様に聞いた。

「……ええ……」

エラ様は答えたけれど、先ほどまでのご自分の発言を思い出されたのか、その顔は真っ青だった。

「オリバー様。違《ちが》うのです。私は、本当に……」

必死に、縋《すが》るように、エラ様はオリバー殿下に向かって声をかけた。

「言い訳はいらない。エラがソルト王国の妖精を誘拐《ゆうかい》したことは揺《ゆ》るぎない事実だ。沙汰《さた》は追って連絡《れんらく》する。……俺との婚約についても見直しをする」

だけど、オリバー殿下の口から出たのは、婚約者にかけるものとは思えないほどの冷たい声だった。

「……そんな……」

エラ様は、崩《くず》れるように肩《かた》を落とした。そんなエラ様を咄嗟《とっさ》に支えたクロエがオリバー殿下に向かって訴《うった》えた。

「エラ様は……。エラ様はずっとオリバー殿下のために必死で努力をされてきました。それなのに婚約の見直しだなんてあんまりです。……どうか……どうかご慈悲《じひ》を……」

使用人のクロエがオリバー殿下に対して反論するだなんてありえないことだわ。

でも、それはどれほど勇気がいることかしら。

エラ様にはこんなに近くにこんなに自分を心配して必死で行動してくれる人がちゃんといるのに……。それは、妖精の愛《いと》し子という偶像《ぐうぞう》として世界中の誰からも愛されることよりも、ずっと価値のあることかもしれないのに……。

「アンダーソン公爵家の使用人は、皇太子の決定に意見するように教育されているのだな」

さっきよりも更《さら》に冷たい声でオリバー殿下はクロエに言った。クロエはあまりのことに真っ青になって震《ふる》えていた。

「とっ、とんでもないことでございます。アンダーソン公爵家の教育ではなく、私の独断です。大変申し訳ございませんでした」

クロエは、支えていたエラ様から優《やさ》しく手を離《はな》した後で、オリバー殿下に向かって必死で頭を下げ続けた。


だけど、エラ様はそんなクロエを一瞥《いちべつ》しただけで、決して助けようとはしなかった。


……どうして？　クロエは、必死でエラ様を守ろうとしていたのに……。

「お前に対する沙汰も追って通達する」

オリバー殿下はそれだけ言って寝室《しんしつ》から出て行こうとした。

「オリバー様！　私は今まで貴方《あなた》の婚約者《こんやく》として努力してきました。それにこのオルタナ帝国で、一番貴方の婚約者に相応《ふさわ》しい身分を持つのは、アンダーソン公爵家の私しかいません」

エラ様は、オリバー殿下の背中に必死で声を掛《か》けた。……妖精さん達の魔法は解けているはずだけれど、それはさっきまでのエラ様の本音と同じだった。

「エラ。もう止《や》めてくれ。努力をすることや出身は、相応しいかどうかとは別だ。お前は間違《まちが》いを犯《おか》した」

「……人間は誰でも間違いを犯します」

「それでも俺達は間違えてはいけない。しかもお前の間違いは、自分自身の欲《よく》のために犯したものだ。そのような者が皇太子妃《ひ》に相応しいはずがない。そんなことは俺が認めない」

エラ様は今度こそその場に頽《くずお》れた。クロエは今度はエラ様を支えることはなかった。ただオリバー殿下に頭を下げ続けていた。

「……どうして私ではなく、マーガレットなの？　私の方がずっと相応しいのに……」

壊《こわ》れたように呟《つぶや》くエラ様にどのように答えたら良《い》いか私が躊躇《ちゅうちょ》している間に、ルイスが言葉を発した。私は、ルイスの細くて、だけど私にとってはとても頼《たの》もしいその背中を見つめた。

「マーガレットは、妖精《ようせい》様達の魔法を自分のために使ったことや、妖精様達に魔法を使うことを強要したことなど一度もないと思います。いつだって奇跡《きせき》が起きるのは他《ほか》の誰《だれ》かを救うためでした。……貴女《あなた》は、魔法が使えたら本当はその力を何のために使うつもりだったのですか？」

「……私は……魔法が使えたら……。何でも良いからとにかく奇跡を起こして、お父様やお母様に『さすがエラ』と褒《ほ》められたい。オリバー様や世界中から愛されて賞賛されたい……」

「どんな奇跡を起こしたいのですか？」

「別にどんな奇跡だって構わないわ」

「だから皇城を光らせたのですね？　妖精様達に命令をして、自分が認められたいだけの意味のない奇跡を起こさせたのですね？」

「意味のない奇跡……」

エラ様は困惑《こんわく》したように呟いた。


（マーガレットは私たちに魔法が使えなくても側《そば》にいるだけで幸せって言ってくれたのー）

（僕たちはとっても嬉《うれ》しくて喜びを形にしたのー）

（マーガレットの祈《いの》りは誰かの幸せであったから我々は世界中にマーガレットの花びらを飛ばしたのだと教えてやろう）


「嘘《うそ》よ……。そんなの……。自分のためではなく他人の幸せを祈るだなんて……。妖精に魔法が使えなくても良いだなんて……」

憎々《にくにく》し気に呟くエラ様を見て、私はルイスの背中をそっと叩《たた》いた。私の気持ちを察したルイスは、立っている場所を右にずらしてくれた。私とエラ様の視線がまっすぐに交わった。


「エラ様。私は自分が、妖精の愛し子に相応しいなどと思ってはおりません。けれど、くっきー、しょこら、みんとに出会えたことを本当に良かったと心から思っているのです。それは、彼らに魔法が使えるからではなく、彼ら自身がいつだって私を支えてくれたからです」

（えへへー私たちもだよー）

（マーガレットに出会えて嬉しいのー）

（喜びのシャンパンコールを聞かせてやろうか）

妖精さん達は楽しそうに私の周りでパタパタダンスを始めた。楽しそうな妖精さん達の様子に私も思わず笑ってしまった。

隣《となり》ではパタパタダンスの合間にしれっと眼鏡を曇《くも》らされたルイスが必死で眼鏡を拭《ふ》き拭きしていた。

「……これが『妖精の愛し子』……」

オリバー殿下の呟きが聞こえた。

「……嘘よ。……そんなのが本心だなんて信じない！」

エラ様の叫《さけ》びにも似た声が寝室に響《ひび》き渡《わた》った。

「エラ様……。もう……やめてください……」

クロエがエラ様を宥《なだ》めようとしていたけれど、エラ様は止まらなかった。

「キレイごとばかり言って自分を良く見せようとしているだけだわ！」

……何を言っても信じていただけないのであれば、これ以上何を伝えれば良いのかしら……。

私が困ってしまった時、突然《とつぜん》身体が温かい光で包まれた。

キラキラ

（マーガレットにも魔法《まほう》をかけたよー）

（本当のことしか言えない魔法ー）

（マーガレットの言葉に嘘など一つもないと知らしめてやろう）


本当のことしか言えない魔法？　先ほどエラ様が掛けられていた魔法を今度は私が掛けられたということ？

「マーガレット様。妖精に魔法が使えなくても良いなんて嘘ですよね？」

困惑する私を見て、エラ様は意地悪そうに笑いながら聞いてきた。妖精さん達の魔法を掛けられているからかしら？　考える間もなく、私の口からスラスラと言葉が出てきた。

「私は、くっきー、しょこら、みんとに魔法が使えなくても構いません。魔法なんてなくても彼らが側にいてくれるだけで幸せなのです」

(我もマーガレットがすっすっ好きだと初めての告白をしてやろうか)

(くっきーずるいー僕もマーガレットが好きー)

(わ〜いマーガレット大好きー)

「ありがとう。私も皆《みんな》が大好きよ。もう蜂蜜《はちみつ》に釣《つ》られていなくならないでね。皆がいなくなってからずっと本当に心配で、不安で、寂《さび》しくて、もう皆に会えなかったらどうしようって怖《こわ》くて怖くて堪《たま》らなかったの。だけど酷《ひど》いことをされていたり無理矢理捕《つか》まっていたわけでなくて本当に良かったわ」

(マーガレット心配させてごめんねー)

(僕のお手柄《てがら》でまた会えて良かったのー)

(蜂蜜で酔《よ》っ払《ぱら》うとは無念であったと反省してやろう)

「そんな……。まさか本当にそれが本心だなんて……。だとしたら……自分のためではなく誰かの幸せを祈ったというのも……？」

エラ様が呆然《ぼうぜん》としたように私を見つめていた。

「私の生《お》い立ちや環境《かんきょう》だけをみれば、私は不幸だったのかもしれません。けれど、幸福なことに私の近くにはいつも妖精さん達がいてくれました。それを幸福だと思うのは、彼らに魔法が使えるからではなく、彼らが私と一緒《いっしょ》に笑って、私よりも私のことで怒《おこ》ってくれて、辛《つら》い時でもずっと近くにいてくれたからです。それがどんなに恵《めぐ》まれていることか私は決して忘れません。だからこそ苦しんでいる方がいるのなら、その方が少しでも幸せになれるように、私は私に出来ることは何でもしたいと思っています」

私の言葉を聞いたエラ様は、何か眩《まぶ》しいものを見るかのように私を見つめていたけれど、それ以上言葉を発することはなかった。

眼鏡を拭き終わったルイスが私を見つめて言った。

「僕は、マーガレットと結婚《けっこん》出来たことを誇《ほこ》りに思います」

「私もルイスと結婚出来たことが本当に幸せなの。ルイスは、妖精の愛し子だからではなく私自身を見つめてくれた初めての人だから。それにルイスは本当に可愛《かわい》いの。初めて手を繋《つな》いだ時も顔を真っ赤にしていたし、シャンパン一口で顔が真っ赤になっていたところや、突然雨に降られた時に眼鏡が濡《ぬ》れて視界が悪くなって動揺《どうよう》していたところや、未《いま》だに敬語を使っているところさえも本当に可愛いと思っているの。それに妖精さん達がいなくなってしまった時もずっと側で支えてくれた。ルイスがいたから私は諦《あきら》めないでいられたの。エラ様は、私が『キース殿下《でんか》に婚約破棄《はき》されたから仕方なくルイスと結婚した』とおっしゃったけれど、そんなことはないわ。だって、私の幸せはレオナルド殿下がおっしゃってくださったようにルイスと結婚することだったんだもの。私にとっては、ルイスこそが世界でたった一人の王子さまなの」

私ったら何を……。妖精《ようせい》さん達の魔法の力が凄《すご》すぎて、口から言葉がどんどん溢《あふ》れ出すわ。

「くっきー、しょこら、みんと。お願いだから魔法を解いて。はっ、恥《は》ずかしすぎるからお願い……」

（マーガレットに告白されてめがねが真っ赤になってるー）

（初めて手を繋いだ時はマーガレットも真っ赤だったよー）

（思い出も赤く染めてやろうか）

キラキラ

妖精さん達は、冷やかしながらも私にかけた魔法を解いてくれた。

「マーガレット様はルイスの可愛いところが好きだったんだね」

レオナルド殿下にいつもの明るい笑顔《えがお》で言われて、私は恥ずかしすぎて死にそうになった。

「あのっ、違《ちが》うんです。いえ、違わないのですが、あのっ。……お願いします。どうか忘れてください……」

顔がとんでもなく熱くなっているのを感じる。……あぁ。ルイスも真っ赤になって固まってしまっているわ……。

第5章　彼女が失ったもの

今でも時々見る夢がある。


「エラ。何か飛んでいるものが見えないか？」

幼い私に向かって問いかける、お父様の期待に満ちた顔。

「なにも飛んでないよー」

無邪気《むじゃき》に答えた私の目には、お父様の落胆《らくたん》した顔がいっぱいに映し出される。


それは、夢であり、私に残る一番初めの記憶《きおく》だった。


夢の続きは、私が十歳になった場面。ディナーの席で改めて私に向かって問いかけるお父様の硬《かた》い顔。

「エラ。お前には妖精は見えないのか？」

「……私には、妖精は見えません」

緊張《きんちょう》しながら事実を伝えた私の目には、お父様とお母様の隠《かく》すことなく落胆した顔がいっぱいに映し出される。

その夢を見るたびに、思い出が蘇《よみがえ》るたびに、私はいつも考える。

どうして私は『妖精の愛《いと》し子』ではないのかしら？

どうして？　どうして？　どうして？　アンダーソン家の娘《むすめ》なのに、どうして私には妖精が見えないの？　私は何も悪いことなどしていないのにどうしてお父様やお母様は、私に落胆するのかしら？　私に妖精さえ見ることが出来たなら、お父様もお母様も今よりもっと私を愛してくれたのかしら？　どうして私は『妖精の愛し子』ではなかったのかしら？

「私は、妖精なんか見えなくても、そのままのエラ様が好きですよ」

クロエは私が子どもの時からいつだってずっとそう言って私に笑いかけたけれど、たかがメイドにすぎないクロエに慰《なぐさ》められたところで私の心は少しも晴れなかった。

それでも成長するに従って、私は自分が『妖精の愛し子』ではないという現実を、今のこの世界に『妖精の愛し子』は存在しないという事実と共に受け入れた。私は、アンダーソン公爵《こうしやく》家の一人娘で、オリバー殿下の婚約《こんやく》者候補。『妖精の愛し子』である必要なんかない。私は誰《だれ》よりも尊い人間なのだから。


それなのに、奇跡《きせき》が起きた。

『妖精の愛し子』はいないはずなのに。……私が『妖精の愛し子』でないのなら、そんなものは存在してはいけないのに。


「エラ。まさか『妖精の愛し子』の力に目覚めたのか?」

お父様が、数年ぶりに見る期待に満ちた目で私に問いかけた時、私は数年ぶりにあの屈辱《くつじよく》的な言葉を口にせざるをえなかった。

「私には、妖精は見えません」

お父様は懲《こ》りずにまた落胆した後で、執事《しつじ》に『妖精の愛し子』の調査を命じた。私の目の前で、『もし「妖精の愛し子」が見つかったならどんな手を使ってでも養子にする』とさえ言っていた。

……だから私は、奇跡なんて起こらなければ良かったのに、と思った。荒《あ》れた土地なんかそのままで良かった。平民が飢《う》えても私には関係ない。他人が不幸だろうと私には関係ない。

……それよりも私以外の誰かが『妖精の愛し子』だなんて許せない。だからそれから私は毎日毎日祈《いの》っていた。

どうか『妖精の愛し子』が見つかりませんように。

私の願いは叶《かな》って、どんなに調査をしてもオルタナ帝国《ていこく》で『妖精の愛し子』と思《おぼ》しき人間は見つからなかった。それに私は無事にオリバー殿下の婚約者候補から正式な婚約者に決まった。その時でさえお父様とお母様はあの期待に満ちた目をもう一度私に向けてくださることはなかったけれど。だけどそれでも『妖精の愛し子』は存在しない。だから私が憂《うれ》うことなど何一つないわ。……そう思っていたのに。

それなのに、二度目の奇跡が起きた。

その奇跡が起きたのは、オルタナ帝国だけではなかった。世界中の空からマーガレットの花びらが降り注ぎ、病《や》める人の許《もと》では薬になり、飢える人の許ではパンになり、窮《きゅう》する人の許では金貨になった。……信じられないほどの、私にとっては絶望的な、奇跡だった。

もはや私がお父様から期待に満ちた目で、妖精が見えるのか、と聞かれることはなかった。

そして遂《つい》に、『妖精の愛し子』が見つかってしまった。少ないヒントを手がかりに『妖精の愛し子』の正体をつきとめさせたお父様に、アンダーソン公爵家の、お父様自身の、執念《しゅうねん》を感じた。世界中で奇跡が起きた当日に結婚式を挙げていた、ソルト王国の公爵令嬢《れいじょう》であるマーガレットという名前の女性。他国のしかも既婚者《きこん》だったことでさすがのお父様も『妖精の愛し子』を養女とすることを諦《あきら》めざるをえなかった。その夜、『妖精の愛し子』の詳《くわ》しい調査結果を見なくてはいけないという焦燥感《しょうそうかん》に駆《か》られてお父様の執務室《しつむ》に忍《しの》び込もうとした私は、泥酔《でいすい》したお父様がお母様を怒鳴《どな》りつける言葉を聞いてしまった。

「まさか学園で一緒《いっしょ》だったスカーレットが『妖精の愛し子』を出産していたとはな！　美しい顔はしていてもたかが伯爵《はくしゃく》家の娘など気にも留めていなかったが、俺は選択《せんたく》を間違《まち》えたのだ！　無理矢理にでもスカーレットに俺の子どもを産ませれば良かった！」

「……私が至らないばかりに『妖精の愛し子』を産むことが出来なくて申し訳ございません」

大丈夫《だいじょうぶ》。大丈夫。大丈夫。私は、アンダーソン公爵家の一人娘で、オリバー殿下《でんか》の婚約者。誰からも尊敬されて羨《うらや》まれるべき存在なの。だから大丈夫。私が生まれたことは間違いではないわ。大丈夫。大丈夫。震《ふる》える身体《からだ》と、心を、「大丈夫」の呪文《じゅもん》で押さえつけて、私は必死でお父様の執務室に入った。そうして読んだ『妖精《ようせい》の愛し子』マーガレット・シルバーの報告書は、私を憤慨《ふんがい》させるに十分だった。

父親は、無能なうえに不倫《ふりん》をするような節操なし。父親の不倫で出来た異母妹は、国宝を割るような愚《おろ》か者。本人は、ソルト王国ごときの『聖女』とすら認められず婚約者である第一王子からは婚約破棄《はき》されているだなんて。さらには親しい友人が、言葉を交《か》わす価値もないたかが男爵家の娘だなんて。どうしてこんな女が『妖精の愛し子』なの？　私だったら、もっとちゃんと妖精に正しく力を使わせるのに。聖女だと認めさせて、第一王子と結婚をして、王妃《おうひ》になって、ソルト王国だけではなく世界中から愛されて羨まれる存在になれるのに。そんなことすら出来ないようなマーガレットなんかより私の方がずっと相応《ふさわ》しいのに。

マーガレット・シルバーなんかよりも私の方がずっと『妖精の愛し子』に相応しいのに。

「最近エラ様のお元気がなくて心配です」

マーガレットの報告書を読んでから食欲《しょくよく》がなくなってしまった私に、クロエが心配そうにサンドイッチを運んできた。

「そんなもの頼《たの》んでいないわ」

「少しでも召《め》し上がらないとお身体《からだ》を壊《こわ》してしまいます。……オレンジの蜂蜜《はちみつ》漬けもご用意しましたので紅茶にお入れしますね。幼い頃《ころ》のエラ様はお好きでよく召し上がっていらっしゃいましたよね？」

「それはお父様から妖精の好物を食べていれば妖精が近づいてくるかもしれないからって言われただけで……」

そこまで言ったところで私の頭に天啓《てんけい》が降りた。

それはその時の私にとっては蜘蛛《くも》の糸のような一筋の希望。すべてが終わった今の私にとっては悪魔《あくま》の囁《ささや》きのような地獄《じごく》への招待状だった。

「クロエ。貴女《あなた》は私の味方よね？」

「はい。私はいつだってエラ様の味方です」

「私のためなら何でも協力してくれるわよね？」

「はい。私はエラ様のメイドですからエラ様のためなら何でもします」

「オリバー様はこれから他国との交流も発展させていくとおっしゃっていたわ。きっといつかソルト王国にも招かれることがあるはずだわ」

「……ソルト王国……ですか？」

「ふふっ。学のないメイドは他《ほか》の国の名前さえ知らないかしら？　『妖精の愛《いと》し子』なんて必要のない小さな小さな国よ」


そうよ。欲しいものは奪《うば》えば良《い》いのだわ。マーガレットは相応しくないんだから。相応しい私こそが『妖精の愛し子』になるべきなのよ。妖精さえ捕《つか》まえることができれば、正しく力を使わせれば、私は世界中から尊ばれる。そうよ。マーガレットから妖精を奪えば良いのだわ。


「エラ様。どうか考え直してくださいませ。妖精を酔《よ》わせて攫《さら》うだなんてどんな天罰《てんばつ》がくだるか……」

天啓が降りてから一年近くが経《た》ってやっとチャンスが訪《おとず》れた。オリバー殿下と一緒にソルト王国を訪れることになった私はクロエに妖精を奪う計画を伝えた。クロエは、顔を真っ青にして私を止めようとした。

「クロエは私のためなら何でもすると言ったじゃない。だから皇城にも爵位《しゃくい》を持っている使用人ではなく貴女を連れてきたのよ？　平民出身のメイドが皇城で働けるだなんて誰《だれ》のおかげだと思っているの？」

「……私はエラ様が心配なのです。……天罰がくだるような罪をエラ様には犯《おか》してほしくないのです」

「私は、クロエを信頼《しんらい》しているからお願いしているのよ」

たかがメイドのくせに渋《しぶ》るなんて生意気な、と思いつつもクロエを宥《なだ》めるために言った私の本心ではない言葉に、クロエは瞳《ひとみ》を輝《かがや》かせた。

「……エラ様が私を信頼……」

「そうよ。だからクロエにしか頼めないの。私の味方はいつだってクロエだけだもの」

「私はいつだってエラ様の味方です。何があってもエラ様の側《そば》でずっと味方でいます」

「それにクロエがすることは、ホワイト男爵家で妖精の名前の手がかりを探《さぐ》ることと、私がパーティーに参加している間にオレンジの蜂蜜漬けを大量に用意することだけだもの。貴女に天罰なんてくだるはずがないでしょう？」

「私は自分に天罰がくだることなどどうでも良いのです。それよりもそんなことをなさってしまってエラ様ご自身が傷ついてしまわれるのではないかと……。エラ様がいつか後悔《こうかい》なさるのではないかと、それだけが心配なのです」

「ありがとう。だけど私は決して後悔なんかしないわ。クロエ。私のお願い、聞いてくれるわよね？」

私がこれだけ頼んでいるのにクロエは最後まで躊躇《ちゅうちょ》していた。だけど結局は頷《うなず》かせることができた。

「私は、妖精なんか見えなくても、そのままのエラ様が好きです。……だからどうか考え直してくださいませんか？」

一旦《いったん》は了承《りょうしょう》したはずのクロエが、ソルト王国に着いた時には、また私を説得しようとしだした。

「いい加減にしてちょうだい。これは命令よ」

るわよね？」

「クロエ。わかってちょうだい。私だってクロエに命令なんてしたくないのよ。協力してくれ

「……かしこまりました……」

「……命令……」

まったく。たかがメイドのくせに私を煩《わずら》わせるなんて。もっと使えるメイドを連れてくるべきだったかしら？　けれど翌日にホワイト男爵家で聞き込みをしたクロエはきちんと妖精の名前の手がかりを掴《つか》んできた。その手がかりから妖精の名前は、『クッキー』『ショコラタルト』『ミント』であると推測ができて上機嫌《じょうきげん》だった私は、クロエの顔が曇《くも》っていることにも、その手が震えていたことにも、決して気付くことはなかった。

計画はすべて上手《うま》くいった。唯一《ゆいいつ》、『ショコラタルト』だけが見つからなかったけれど、可能性のある名前はすべて試《ため》したし、妖精が二匹《ひき》いれば十分だと思ったのでそれ以上深追いはしなかった。

オルタナ帝国《ていこく》で、私こそが『妖精の愛し子』だと認められた時には、今まで生きてきたなかで一番の興奮を感じた。皇城が光り輝いた時、お父様も、お母様も、皇帝陛下さえも私を羨望《せんぼう》

の眼差《まなざ》しで見つめて褒《ほ》めたたえた。私は、私の人生に勝ったのだわ。自分の力で奇跡《きせき》を手に入れたの。マーガレットから奪ったのではなくて、きっともともとは私こそが『妖精の愛し子』で、彼女が私からその力を奪っていたのじゃないかしら？　きっとそうに違《ちが》いないわ。だから何も憂《うれ》うことはない。妖精の力を失ったマーガレットなんか脅威《きょうい》でもなんでもないわ。

そう思っていたのに。

私の罪も、本心も、たった一夜ですべて暴《あば》かれてしまった。そんな私に向かって聖女ぶってキレイごとばかり言うマーガレットには殺意さえ湧《わ》いた。……だけど私と同じ魔法《まほう》を掛《か》けられて醜《みにく》い本音を吐《は》き出すかと思ったマーガレットの口から溢《あふ》れた言葉は、魔法に掛かる前とまったく変わらない透《す》き通った水のように一点の濁《にご》りもない言葉ばかりだった。

自分の本音とマーガレットの本音のあまりの違いに、私は初めて自分自身を恥《は》ずかしいと思った。

オリバー殿下《でんか》達が去って、部屋には私とクロエの二人だけになった。きっと私達が逃亡《とうぼう》しないように部屋の外には警備兵が待機しているのだろうけど。……これから私はどうなってしまうのかしら。たとえ帝国からくだされる刑《けい》が重くなかったとしても、罪を犯した私をお父様が許すことはきっとないでしょう。私が両親に愛されることは、その可能性さえも、自分自身の犯した罪によって永遠になくなってしまったのだわ……。それに私が『妖精《ようせい》の愛し子』だと名乗ったことはすでに公表されてしまっている。……それが悪意のある嘘《うそ》だったことが公表なんかされたなら、きっと私はもうオルタナ帝国では生きていけないわ……。絶望の中で私は、クロエに視線を向けた。

マーガレットは妖精の価値を、『魔法が使えることではなくてどんな時でも側にいてくれたこと』だと言った。……だとしたら私にとってそれは……。

クロエはもちろん魔法なんて使えないけれど、いつでも私の側にいた。それは仕事だから当たり前なのかもしれないけれど、それでも他のメイドとは明らかに違っていた。『そのままのエラ様が好き』だと言ってくれて、私のために罪を犯しただけでなく、オリバー殿下に意見さえもしてくれた。どんな私でも受け入れて、どんな私でも肯定《こうてい》してくれた。

もしかしてマーガレットにとっての妖精という存在は、私にとってのクロエと一緒《いっしょ》なの？

そのことに気づいた瞬間《しゅんかん》、クロエがとてつもなくかけがえのない存在に思えた。

……こんなに近くにいたのに。ずっと近くにいたのに。今までどうして気がつけなかったのかしら……。その答えにはすぐに思い至った。たかがメイドにすぎない平民のくせに、そう思って心の底でクロエを見下していた私には、その価値に気がつけるはずなどなかったのだわ。

「クロエ。……こんなことになってしまったけれど、それでも貴女《あなた》はこれからも私の側にいてくれるわよね？」

「……平民である私は死刑になるかもしれません」

「なっ⁉　そんなわけないじゃない。いくらなんでもそんなことにはならないわ」

「エラ様。私は、エラ様の計画に協力する時にすでに覚悟《かくご》をしております」

「まさか……私のために命を捨てる覚悟をしていただなんて……」

「……それでも、もしも命が助かったなら、私はソルト王国に行きたいと思います」

「クロエ。そこまで私のことを考えて……。私もオルタナ帝国ではもう生きてはいけないと思っていたの」

「いいえ。私はエラ様とは行きません」

「……えっ？」

　思いがけないクロエの強い口調に私は言葉を失った。

「ソルト王国でホワイト男爵家のメイドからマーガレット様のお話を聞き出せた時、私は思わず笑ってしまいました。……そんな私の顔を見たメイドは、ひどく怯《おび》えた顔をしました。そして『どうかマーガレット様を傷つけるようなことはしないでほしい』と泣きそうになりながら必死で頼《たの》んできました。……あのメイドの瞳に映った私の笑顔《えがお》は、どれほど醜く歪《ゆが》んでいたのでしょうか？　私は初めて自分がとてつもなく歪んでしまっていたことに気づきました……。……私は彼女に謝りたいのです。自分のせいで大切な誰《だれ》かを傷つけてしまうかもしれないと彼女を怯えさせてしまったことを」

「別にたかがメイドのことなんてそんなに気にしなくても良《い》いのに。でもそれなら私も一緒《いっしょ》に謝ってあげる。だから貴女は今まで通りこれからもずっと私の側《そば》で私を支えなさい」

「犯罪者の私はもうエラ様のメイドではないので、エラ様の命令は聞きません」

どうして？　口から出掛《でか》けた疑問の言葉は、今まで向けられたこともないようなクロエの冷たい視線に閉《と》ざされた。

「エラ様が『たかが平民のくせに』と私達メイドを見下していることは皆《みんな》気付いていました。それでも私だけは、いつも一生懸命《いっしょうけんめい》努力するエラ様を尊敬していて、エラ様のことが本当に好きでした。エラ様から『信頼《しんらい》している』と言われて本当に嬉《うれ》しくて、私は命をかけてでもエラ様の願いを叶《かな》えたいと思ったのです。……でもエラ様は、貴女を庇《かば》ってオリバー殿下から叱責《しっせき》されている私をただ一瞥《いちべつ》しただけでした」

「……それは……あの時は……」

「もしも貴女があの時、ほんの少しでも私を心配してくれたなら、それだけで私は命令なんかされなくてもこれからもずっと、たとえ貴女が公爵令嬢《こうしやくれいじよう》でなくなったとしても何も変わらず命をかけてエラ様をお守りしたいと思い続けられたのに」

「……クロエ……」

「私はもうエラ様のメイドではありません。エラ様と同じただの犯罪者です」

それっきりクロエはもう何も話すことはなかった。

こうなって初めて私は自分が失ったものの大きさに気付いた。

私の願いを叶えるためだけに命をかけてくれるかけがえのない存在。……爵位でしか人の価値を見出《みいだ》すことの出来ない私に見下されながらも、仕事だからではなく心から私に仕えてくれた唯一の存在。

マーガレットの夫であるルイスは私の起こした奇跡を『意味のない奇跡』だと言った。

今なら分かる。ルイスの言った通りだった。もしも時間が戻《もど》るのなら、妖精に願いを叶えてもらえる唯一のチャンスを、意味のない奇跡なんかには使わない。

これからもずっとクロエから尊敬される存在でありたいと、そう願うのに。

それからはずっと自分が失ったものの大きさばかりを考え続けていた。だって私が手に入れたものは、これから当たり前に手に入れられたはずだった輝《かがや》かしい未来は、かけがえのない存在は、私自身の犯《おか》した罪によって、もう一つ残らずなくなってしまったのだから。

第6章　自分ではない誰かのための祈《いの》り

「エラ・アンダーソン公爵令嬢が『妖精の愛し子《いとご》』を騙《かた》って王家や国民を欺《あざむ》こうとしたことは必ず公表する。さすがに処分については俺一人では決定できないが、決して軽いものにはさせない」

くっきー、しょこら、みんとと再会した翌日の昼に、レオナルド殿下《でんか》とルイスと私の三人は、オリバー殿下からの招集を受けて、謁見《えっけん》の間を訪《おとず》れていた。

本来であれば今日の夜に開催《かいさい》されるはずだった妖精《ようせい》の愛し子のお披露目《ひろめ》は急遽《きゅうきょ》中止となった。けれど、近隣《きんりん》諸国から来賓《らいひん》を多数招いてしまっていたので、交流会としてパーティー自体は開催されると聞いているのよね。そんな状況《じょうきょう》の中だしきっとオリバー殿下は諸々《もろもろ》の対応でとてもお忙《いそが》しいはずなのに、どうしてそんな時に私達が呼ばれたのかしら？　私がそんな風に疑問に思っている時に、オリバー殿下と目が合ってしまった。

「マーガレット・モーガン夫人。昨日はすまなかった。いや、昨日だけではなく、俺は貴女自身の中身を見ることもせず、キースに婚約破棄《こんやくはき》を宣言された女性だからきっと何か欠陥《けっかん》があるのだろうと決めつけていた」

突然《とつぜん》のオリバー殿下の謝罪に私はとても驚《おどろ》いた。まさかオルタナ帝国《ていこく》の皇太子殿下が、ソルト王国の伯爵《はくしゃく》子息夫人に謝罪をするだなんて……。いくら何でもありえないわ。

「オリバー殿下。どうか謝罪はお止《や》めください」

「では感謝をさせてくれ」

「……感謝、ですか？」

「……二年前、オルタナ帝国の内部は腐《くさ》っていた。ただでさえ天候に恵《めぐ》まれず土地が荒《あ》れて農民は貧しくなっていたのに、貴族や王族の中にさえも私腹を肥やしている者が多数いた。……俺はどうにかこの国を変えたかったが、力が足りなかった。……そんな時に、あのありえないほどの奇跡《きせき》が起きた。土地は潤《うるお》い、蜂《はち》のおかげで私腹を肥やしていた貴族達を特定して一掃《いっそう》することができた」

オリバー殿下は、その燃えるように赤い瞳《ひとみ》でまっすぐに私を見つめた。

「あの奇跡は確かにオルタナ帝国を救ってくれた。……まさかソルト王国民が、オルタナ帝国のために祈ってくれていたなどとは想像もしていなかったが……。それなのに俺はその恩人だと気づかないだけでなく、一方的な判断で貴女《あなた》を貶《おとし》めた。そんな自分を恥《は》じている。貴女がオルタナ帝国を救ってくれたことに、オルタナ帝国の皇太子として、そして俺個人としても、心から礼を言う」

オリバー殿下は静かに頭を下げた。

「オリバー殿下。どうか顔をお上げください。私は何もしておりません。……オルタナ帝国の現実を見ても私にはただ祈ることしかできませんでした。奇跡を起こしたのは妖精さん達です」

「貴女は……なんて……。いや……。だからこそ『妖精の愛し子』なのだろう」

顔を上げたオリバー殿下は、もう一度私を見つめた。

「エラが『妖精の愛し子』だと偽《いつわ》ったと公表する際に、本当の『妖精の愛し子』がソルト王国にいることを公表することも可能だが、きっと貴女はそんなことは望まないのだろう？」

「お心遣《こころづか》いに感謝いたします。しかしオリバー殿下のおっしゃるとおり私はそれを望みません。私は、これからもただのマーガレット・モーガンとして誰かの幸せを祈り続けます」

（マーガレットはマーガレットだよー）

（僕たちはマーガレットの幸せを祈るのー）

（マーガレットが愛し子であることは永遠不変であると気づかせてやろうか）

くっきー、しょこら、みんと。ありがとう。

パタパタと飛ぶ妖精さん達を優《やさ》しく見つめたオリバー殿下は、彼らに向かって声をかけた。

「君達のおかげでオルタナ帝国は救われた。君達にも礼を言う」

御礼《おれい》を言われた妖精さん達は嬉しそうにパタパタ飛んでいた。

（筋肉王子よりレオの方がずっとずっとかっこいいけどねー）

（マーガレットに酷《ひど》いこと言ったの忘れないけどねー）

（毎晩耳元で呪文《じゅもん》を唱えてやろうか）

……嬉《うれ》しそうなわりにかなり辛辣《しんらつ》なことを言っているわね……。みんと、毎晩呪文はお願いだからやめてあげてね。

妖精さん達の言葉に少しだけ頰《ほお》を引きつらせながらも、オリバー殿下は今度はレオナルド殿下に話しかけた。

「レオナルド。今回はオルタナ帝国の貴族がソルト王国に迷惑《めいわく》をかけた」

「オリバー殿下が正しいご判断をなさってくださいましたことに感謝いたします」

「……なぁ、一つ聞かせてくれないか？」

「はい」

「昨夜、エラが涙《なみだ》を見せた時、俺はその涙を真実だと思い込んだ。だがあの時レオナルドだけはエラを厳しい眼差《まなざ》しで見ていただろう？　なぜレオナルドにはあれが真実ではないと判断することができたんだ？」

「僕には涙を流すエラ様が、『聖女の儀式《ぎしき》』で自分こそが聖女だと言い張り『聖なる水晶《すいしょう》』を割ったシンシアと重なって見えたのです」

「……そうか……」

オリバー殿下は呟《つぶや》いた後で、改めてレオナルド殿下をまっすぐに見つめた。

「レオナルド。実は俺は、ソルト王国の王太子にはやはりキースがなるべきだと考えていた。第一王子だった頃《ころ》のキースは、当時の俺の目には完璧《かんぺき》に映っていたからだ。だが妖精に願いを叶《かな》えてもらえるチャンスを、笑って国民のために捧《ささ》げられるお前こそが、王太子であるべきなんだと思う」

レオナルド殿下は、オリバー殿下の言葉を聞いている間もその表情を変えることは一切《いっさい》なかった。

まっすぐにオリバー殿下を見つめ返すその瞳には、私に見せるいつものあどけなさはなくて、とても頼《たの》もしいソルト王国の王太子殿下そのものだった。

「マーガレット。疲《つか》れていませんか？」

ルイスが優しく私に話しかけた。交流パーティーが終わった次の日にレオナルド殿下がルイスに休暇《きゅうか》を一日くださったので、私達はオルタナ帝国の下町に遊びに来ていた。

「まだ馬車からおりて五分も経《た》ってないわよ？」

思わず笑ってしまった私にルイスは照れくさそうに言った。

「マーガレットとのデートが久しぶりだったので嬉しくて緊張《きんちょう》しています……」

確かに結婚《けっこん》してからはデートらしいデートはしていなかったけれど、毎日一緒《いっしょ》にいるのに、久しぶりにデートをするだけで嬉しくて緊張するだなんて……。私は思わず胸がキュンと疼《うず》くのを感じた。

（もうすぐショコラミントクッキーのお店だよー）
（久しぶりで楽しみー）
（再会の記念に店中を眼鏡で埋《う》め尽《つ》くしてやろうか）

「みんと様。僕は分身させられてしまうのですか？　あるいは本物の眼鏡のことをおっしゃっているのであれば、店内が眼鏡で埋め尽くされてしまうと皆様《みなさま》が非常に混乱すると思いますので、控《ひか》えていただきたいのですが……」

（めがねが難しいこと言ってるー）
（めがねは眼鏡だからめがねなんだよー）
（眼鏡とはめがねの象徴《しょうちょう》であると思い知らせてやろうか）

「すみません。眼鏡が眼鏡で眼鏡であるとはどういうことでしょうか？　さらには眼鏡が眼鏡の象徴であるとは一体……」

ルイスが妖精《ようせい》さん達の言葉に真面目《まじめ》に反応していることと、眼鏡という単語が飛び交《か》いすぎて大混乱している様子が面白《おもしろ》くて、私は思わず笑ってしまった。

「マーガレット？　突然《とつぜん》どうしたのですか？」

「ううん。皆《みんな》と一緒にいるととても楽しいなと思っただけなの」


（私達もマーガレットといると楽しいのー）

（めがねも一緒なのも悪くないよー）

（喜びが五倍だと気づかせてやろうか）


まさか妖精さん達とルイスと五人で会話しながら過ごせる日が来るなんて。想像もしていなかったから、とても嬉しいわ。

……私に、こんな幸せな日が来るだなんて。結婚式がハッピーエンドなんかじゃなかった。あの日からもずっと幸せは続いていて、ううん、むしろあの日よりもずっと私の毎日は幸せになっているの。


幸せを噛《か》みしめる私だったけれど、ルイスを見つめる女の子達が目に入った。

細身で背が高くて、顔立ちも整っているルイスと街を歩いていると、女の子達からの視線を感じることがよくある。ルイスを見つめる彼女達は、顔を赤らめていて『格好いい』という単語が聞こえてくることもあるのだけど。……いつだってルイスは、そんな視線や言葉にはまったく気付いていないのよね。

「僕の顔に何かついていますか？」

だけどルイスは、他《ほか》の女の子達の視線には無頓着《むとんちゃく》なのに、私の視線にはいつだってすぐに気付いてくれる。

「ううん。ただ見つめていただけ」

学園時代も婚約者のいない女性達に囲まれていても顔色一つ変えなかったのに、私のたった一言で顔を赤くする。そんなルイスは私にとってはやっぱりたった一人の王子さまなんだと思って、私の胸はなんだかくすぐったくなった。

私がそんなことを考えている間にも、私達はショコラミントクッキーのお店があった場所に辿《たど》り着いた。……だけど……。

（なんでお店が変わってるのー？）

（僕たちのショコラミントクッキーはー？）

（この店の店主も我々と同じように絶望で心を染めてやろうか）

妖精さん達が怒《おこ》っているように、前回来た時にはショコラミントの専門店だったそのお店は名前を変えていた。

「ガーデン・レストラン？」

とても可愛《かわい》かったはずの外観は、緑一色の壁《かべ》に白い看板がかかった、とてもシンプルなものになっていた。

「とりあえず入ってみましょうか？　デザートにショコラミントクッキーがあるかもしれませんし、以前あったというショコラミントクッキーのお店のお話も聞けるかもしれませんよ」

私と妖精さん達の会話からすべてを察したルイスが冷静に提案してくれた。

「そうね。入ってみましょう」

（ショコラミントクッキーがなかったらこの店やっちゃうー）

（そうだねーやっちゃおうー）

（ミントをあしらったメニューがあったら見逃《みのが》してやろうか）

絶対にやっちゃダメよ!!

「マーガレット。僕の空耳でなければなんだかとても不穏《ふおん》な発言が聞こえたのですが。『やっちゃう』とは……」

「大丈夫《だいじょうぶ》よ。私が止めるから」

戸惑《とまど》うルイスに眼鏡をずらす魔法《まほう》をサクッとかけた妖精さん達は、眼鏡くいっを見てはしゃいだままお店の中に入っていった。

「僕達も入りましょう」

そう言ってルイスは、私に手を差し出した。庶民《しょみん》の方々が訪《おとず》れるお店だからきっとエスコートなんて不要なんだろうけれど、それでもルイスの気遣《きづか》いが嬉《うれ》しかった。

「いらっしゃいませー。お好きな席にどうぞ」

お店に入った瞬間《しゅんかん》、店員さんの明るい声が響《ひび》いた。お店の中は、クリーム色の壁に海の絵が掛《か》かっていて、グレーのテーブルセットの間に植物が一定の間隔《かんかく》で置かれているとても落ち着いた空間だった。

「素敵《すてき》なお店ね」

私とルイスは一番奥の席に座った。

「ご注文が決まりましたらお声かけくださいね」

席に座るとすぐに店員さんがメニューを持ってきてくれた。……ショコラミントクッキーのお店で働いていた店員さんだわ！　私がそのことに気付いて思わず店員さんを見つめてしまうと、彼女も私の顔を見つめて驚《おどろ》いた顔をした。

「お客さん以前も来てくれましたよね？」

「覚えていてくれたの？　……毎日たくさんの人がいらっしゃるのに？」

「はい！　毎日たくさんのお客さんが来ますけど、お客さんみたいにキレイな人で他国の貴族様なんて滅多《めった》に来ませんし、それに前回お客さんがお店に来た日に、とってもすごい奇跡《きせき》が起きたから、その奇跡と一緒に記憶《きおく》に残ってたんです！」

彼女はそう言って嬉しそうに笑った。その時、他のお客様が入店されたので、彼女は笑顔《えがお》のまま入り口の方へ戻《もど》っていった。

「明るい方ですね」

「ええ。前回このお店を訪れた時に、私は彼女のおかげで自分の知らなかったオルタナ帝国《ていこく》の実態を知ることが出来たの」

（マーガレットー草がいたよー）

（草が草を煮込《にこ》んでたー）

（ミントではなく草を煮込んでいたことを後悔《こうかい》させてやろう）

「クサ？　草ですか？　草が草を煮込む……？」

突然の妖精さん達の『草』連発にルイスはまた驚いていた。

「たしか妖精さん達は、元公爵《こうしゃく》家の料理長のことを『草』って呼んでいたわよね？　えっ？　まさか料理長がこのお店に？」

私は思わずこのお店のメニュー表を見た。料理長お手製のグリーンサラダ、料理長お手製のグリーンオムライス、料理長お手製のグリーンハンバーグ。すべてのメニューに『料理長お手製の』がついていることは置いておいて……。

まさかグリーンってあの草のソースのこと……？

グリーンの草のソースのレストランだから、緑から庭を連想してガーデン・レストランということかしら……。もしそうだとすれば、なんて安直な……。私が思わず呆然《ぼうぜん》としてしまった時に、店員さんが戻ってきた。

「先ほどはすみませんでした。……お客さん？　どうかされましたか？」

「いえ……。メニューが……」

「あれっ？　このお店の評判を聞いて来たんじゃないんですか？」

「ごめんなさい。今日は、以前のショコラミントのお店だと思って訪れたの」

「あっ。そうなんですね！　でもぜひ食べてみてください！　見た目が緑でびっくり！　味も美味《おい》しくてびっくり！　しかもとっても身体《からだ》に良くてびっくり！　って若い女の子の間で評判なんですよ！」

美味しい？　とても失礼だけど私はその言葉に驚いてしまった。だって草のソースは身体には良いけれどとても苦いはず……。

「料理長は、ソルト王国の出身ではないのかしら？」

「えっ？　お客さん店長の知り合いですか？　もし良ければ呼んできますね」

店員さんはそのまま満面の笑みで、厨房《ちゅうぼう》に向かってしまった。……料理長で店長なの？　料理長の夢って……。

私が混乱している間にも料理長がやってきた。それは、やはり元公爵家の料理長だった。

「マーガレット様！　まさか早速《さっそく》いらしていただけるとは！　感無量です！」

「料理長。久しぶりね。とても驚いたわ。でも『早速』って……」

「昨日ホワイト男爵《だんしゃく》家のシェフに手紙を送ったんです。夢が叶《かな》ったので機会があればぜひ立ち寄ってほしいと。それでシェフが早速マーガレット様に伝えてくださったのかと……思いましたが……ソルト王国への手紙が一日で届くはずがないですね……」

料理長は自分の勘違《かんちが》いに気付いて、恥《は》ずかしそうに髭《ひげ》を触《さわ》っていた。

（せーのっ！　お髭くるん）

（草のお髭をくるんとさせてあげるのー）

（くるんくるんの奇跡と名付けてやろうか）

料理長は触っていた髭が突然《とつぜん》くるんと丸くなったのでとても驚いていた。

「おおぅ!?」

そんな料理長を見て妖精《ようせい》さん達はとっても楽しそうにはしゃいでいて、ルイスも俯《うつむ》いて肩《かた》を揺《ゆ》らしていた。

「失礼しました。なんだか突然髭が元気になった気がしまして……」

妖精さん達のせいです、とは言えず私は曖昧《あいまい》に笑って、話を逸《そ》らした。

「ソフィア様から料理長には叶えたい夢があると聞いていたの。それはこのレストランなの？」

「はい！　私《わたくし》めの夢は僭越《せんえつ》ながら、マーガレット様の愛した草のソースを世界に広めることでした。シルバー公爵家はものすごく給料が良くてですね、私めには貯金があったので、ソルト王国よりも食文化が進んでいるオルタナ帝国に修業《しゅぎょう》に来たのです。幸運なことに、この店の前オーナーが私めの料理を気に入ってくださって、引退する時に破格で譲《ゆず》っていただけたのです」

料理長は、その大きな身体を揺らしながらとてもキラキラとした目で語った。……私の愛した草のソースって……。

「でも、あのソースはとても苦いはずじゃ……」

「マーガレット様。私めは、このオルタナ帝国で運命の出会いを果たしたのです」

「……運命の出会い？」

「バジルです!!」

「……バジル？」

「ソルト王国ではまだ流通しておりませんが、とても美味《うま》い草です！」

……とても美味い草？　なんてインパクトのある言葉なのかしら……。

「これは企業《きぎよう》秘密ですが……」

料理長はそう言って周りを見回した後で、こっそり私達にだけ聞こえる声で言った。

「マーガレット様の愛した草と、バジルと、蜂蜜《はちみつ》、それに料理長の気まぐれスパイスを調合したものが、我らがグリーンソースなのです」

（はちみつー食べたーい）

（また酔《よ》っちゃうよー）

（料理長め！　我々を酔わせてどうするつもりか問い詰《つ》めてやろうか）

くっきー、しょこら、みんと。あんまり食べ過ぎちゃダメよ？　酔っても可愛《かわい》いけど、ちゃんと王城のお部屋まで帰れるくらいにしてね？

「ぜひともマーガレット様とルイス様にはこちらのメニューを召《め》し上がっていただきたいのです」

料理長はそう言って、メニューの最後のページを開いた。そのメニューを見た私は思わず息を呑《の》んだ。

「マーガレット・スペシャル……」

ルイスがメニュー名を読み上げた。

……嘘でしょ？　まさか私の名前が料理名になっているだなんて……。

「料理長……。これは……？」

「マーガレット様の愛した草を多めに調合したスペシャルマーガレットグリーンソースを掛《か》けたホタテとタコのカルパッチョに、調合率を変えたスペシャルマーガレットグリーンソースⅡを掛けた鶏《とり》もも肉のソテー。さらにはバニラアイス～ショコラミントクッキー添《ぞ》え～と紅茶のセットです！」

（私たちのショコラミントクッキー！）

（僕たちのスペシャルセットー！）

（料理長め！　感謝の気持ちでオルタナ帝国の家の庭にも草を生やしてやろう）

妖精さん達は大喜びして私が止める暇《ひま》もなくどこかに飛んで行ってしまった。……まさか早速料理長のお家《うち》のお庭に草を生やしに向かったんじゃ……。不安に思う私を余所《よそ》になぜかルイスが声を弾《はず》ませていた。

「マーガレットの好きな食べ物ばかりのセットですね。僕はこのマーガレット・スペシャルにします」

……確かに私の好きな食べ物ばかりだわ……。ショコラミントクッキーはともかく他《ほか》のお料理はどうして……。思わず料理長を見上げた私に、とても優《やさ》しい顔をして料理長が答えてくれた。

「マーガレット様は、以前シルバー公爵家で働いていたシャーロットというメイドを覚えていらっしゃいますでしょうか？」

「えぇ。もちろん。だってシャーロットは……」

「シャーロットは屋敷《やしき》を去る時に、マーガレット様のお好きな食べ物とお嫌《きら》いな食べ物を細かく書いたメモを私めに託《たく》していったのです。……新しい奥様のことがあるから限界があることはもちろん分かっているが、それでもできる限りでマーガレット様を陰《かげ》から支えて差し上げてほしいと……」

シャーロットが？　私の好きな食べ物や嫌いな食べ物を把握《はあく》してくれていただなんて……。去りゆくその時でさえも、自分自身が不安でたまらなかった時でさえも、私をそんなにも気遣《きづか》ってくれていただなんて……。それに、シャーロットはそのことを再会してからも一言も言わなかったわ……。

「そのおかげで私めは、……草のソース以外は……、せめてマーガレット様のお好きな食材を使ったメニューのローテーションを増やすことができたのです。……お嫌いなセロリなどの食材は栄養面を考えてこっそりミンチにして料理に混ぜてはいましたが……。『マーガレット様がシルバー公爵家で少しでも幸せに過ごせますように』というシャーロットの願いを叶えられるように……」

シャーロットの温かい想《おも》いに、私の目頭《めがしら》が熱くなった。そんな私をルイスが優しく見つめていた。ルイスの茶色い瞳《ひとみ》を見ていると私はいつだって穏《おだ》やかな気持ちになれるの。

「私にも……同じセットをください」

シャーロットと料理長の愛情がこもった料理がとても食べたかった。……だけど、さすがに料理名を口に出すのは恥ずかしいのよね……。

「マーガレット・スペシャル二つですね！」

私のそんな気持ちにまったく気付いていない料理長が、店内に響《ひび》き渡《わた》るくらいの大声で言ったので、私は恥《は》ずかしすぎて思わず顔を伏《ふ》せてしまった。

「妖精《ようせい》様達はどちらに行かれたのでしょうか？」

シルバー公爵家で食べていた苦いだけのソースとは違《ちが》い、爽《さわ》やかな苦みと蜂蜜の優しい甘さを感じるスペシャル……マーガレット……グリーンソースのかかった前菜とお肉料理を堪能《たんのう》した後で、紅茶を飲みながらバニラアイスとショコラミントクッキーを楽しんでいる時にルイスが心配そうに言った。

「……多分……料理長のお家で……少しだけ……いたずらをしているんじゃないかしら……」

……少しだけ、よね？　妖精さん達が戻《もど》ってきたら確認《かくにん》しなくちゃ。それに忘れてしまう前にキース男爵《だんしゃく》の髪《かみ》の件も確認しなくちゃ。

　ふいにキース男爵のことを思い出して思わず強張《こわば》ってしまった私の顔をルイスが心配そうに覗《のぞ》き込んだ。

「マーガレット？　どうかしましたか？」

「……私が……シンシアと分かり合うことを諦《あきら》めなければ……シンシアはあんな風にはならなかったのかしら……」

　思わず呟《つぶや》いてしまった私の言葉にルイスが怪訝《けげん》な顔をした。

「シンシア様……ですか？」

「先日のパーティーでキース殿《でん》……男爵に言われたの……。もしも私がシンシアを諦めなければ……と。私は、キース男爵と結婚《けっこん》したシンシアに一度も会いには行っていないから……」

　私の言葉を聞いたルイスは、スッと無表情になった。それからおもむろに眼鏡を外すと、真剣《しんけん》に拭《ふ》き拭きした後で、深呼吸をして言った。

「キース男爵をやりましょう」

いるわ」

「はっ？　ルッ、ルイス？　どうしたの？　さっきの妖精さん達の不穏《ふおん》なのが移ってしまって

「僕が軽率《けいそつ》でした。キース男爵とマーガレットを会わせるべきではなかった。……マーガレット。貴女《あなた》に、また辛《つら》い思いをさせてしまって本当にすみませんでした」

「何を言っているの？　ルイスが悪いはずがないじゃない。キース男爵と話をすると決めたのは私だし、それに……キース男爵の言葉を否定できないことも確かだし……。私は……早い段階でシンシアと向き合うことを……諦めたから……」

「マーガレットに諦める以外の選択肢《せんたくし》などあるわけないじゃないですか」

「……えっ？」

意外なルイスの言葉に私は思わずルイスを見つめた。

「僕は、幼いマーガレットに起こった出来事をすべて知っているわけではありません。……きっと僕が知っているよりも辛い出来事がたくさんあったのではないかと思っています……」

ルイスはとても真剣に、切実に、言葉を紡《つむ》いだ。

「それでも……七歳のガーデンパーティーでは無邪気《むじゃき》に明るい表情で幸せそうに笑っていた少女が、貴女のお母様の手紙に書かれていた『十歳のいつも笑っていてたくさん話をしてくれる元気で明るい女の子』が、成長していくなかで無表情な女性になってしまったことを知ってい

ます。……諦める以外に心を守れる選択肢などなかったのだと僕は思います」

私には、だけど、妖精さん達がいてくれたから……。彼らの存在があったから。……それでも、自分の心を守るだけで精一杯《せいいっぱい》だった……。ルイスはそんな私の弱い部分さえもすべて……。

「マーガレットがシンシア様を諦めてくれて、マーガレット自身を守ってくれた、そのおかげで今はこうして僕の前で笑ってくれて、本当に良かったと、僕は心からそう思っています」

ルイスは、私の弱い部分さえもすべて認めて、愛してくれた。妖精の愛《いと》し子でなくても、公爵令嬢《れいじょう》でなくても、変わらず私を、どんな私も、愛してくれる。……そう信じられる。

ルイスとカナン様の優しさで、キース男爵と話した時から私の心の奥深くに静かに落とされていた暗い影《かげ》は、ゆっくりと溶《と》けていった。

……だけど、きっとキース男爵の言った言葉にも正しさはあって……。だから……私は、いつかきっとまたシンシアと向き合わなくてはいけないのだわ……。

血は繋《つな》がっていなくても、シンシアは確かに私の妹だったのだから。

(草のお家《うち》の庭を草畑にしてきたよー)

(ショコラの実も植えてきたー)

(入り口をミントの葉で飾《かざ》りつけてやった)

じんわり浸《ひた》っていた私は、戻ってきた妖精さん達の言葉で現実に引き戻された。

「ちょっと待って。ショコラの実まで植えたの？　それに入り口を飾りつけたって……」

(葉っぱでみんと参上って書いてたよー)

(こっそり草のソースをつまみ食いしてちょっとだけ酔《よ》ってたのー)

(マーガレット参上と追記してきてやろうか)

「みんと。それだけは絶対に止《や》めて！」

料理長のお家にミントの葉で『マーガレット参上』だなんてメッセージを残されたら恥ずかしすぎて死んでしまうわ……。

私と妖精さん達のやり取りを見ていたルイスが、面白《おもしろ》そうに笑って肩《かた》を揺《ゆ》らした。

「お客さんがあのマーガレットさんだったんですね！」

お会計をする時に店員さんが嬉《うれ》しそうに話しかけてくれた。

「店長が料理名にしちゃうなんてどんな人なのかなって気になってたんです」

とても恥ずかしくて私は曖昧《あいまい》に笑うことしか出来なかった。……マーガレット・スペシャルという料理名はなんとしてでも変えて貰《もら》わなくちゃ！　と決意して、見送りに出てきてくれた料理長に視線を向けた。だけど、私が言葉を発するより前に店員さんは続けた。

「あっ。もしかしてマーガレットさんは、シャーロットさんって人も知っていますか？」

「シャーロット？　ええ。知っているわ」

「本当ですか？　店長の想い人がどんな人なのか知りたかったんです！　今度ゆっくり教えてください」

……店長の想い人？　私が思わず怪訝な顔をしてしまうと、料理長は尋常《じんじょう》じゃないくらいの速さで髭《ひげ》を撫《な》で始めた。……もしかして照れ隠《かく》し……？

「料理長。もしかしてシャーロットのこと……」

「いやいやいやいやいやいやいや！　ま、ま、ま、ま、ま、まさか！　そんなはずあるわけないではないですすすか！　わわわ私《わたくし》めめめが、シャ、シャ、シャ、シャ、シャーロットを、す、す、す、す、好きなどと……。ははははは！」


(草が壊《こわ》れたー)

(髭とお腹《なか》がたぷたぷ揺れてるよー)

(髭がもっと揺れるようにボリューム二倍にしてやろうか)


「そっ、それに！　シャーロットが現在どこにいるか誰《だれ》にも分からな……」

料理長が必死で言っている途中《とちゅう》で、ルイスの純粋《じゅんすい》な声が響《ひび》いた。

「先ほどからお話に出ているシャーロット様とは、ソフィア様のお屋敷《やしき》で働いていらっしゃるというシャーロット様のことですか？」

「おおぅ!?」

料理長は、ルイスの発言と、触《さわ》っていた髭が突然《とつぜん》二倍になったことでとても驚《おどろ》いていた。

「シャ、シャ、シャ、シャ、シャーロットが、ソ、ソ、ソ、ソ、ソフィア様のお屋敷に!?」

あまりの料理長の動揺《どうよう》ぶりに私は少しだけ笑ってしまいながら答えた。

「えぇ。シャーロットは、ソフィア様のお屋敷で働いているの。……確かに料理長がソフィア様のお屋敷を訪《おとず》れた時はお休みだったと言っていた気がするわ」

「そっ、そんな……。そんな近くにいたなんて……」

呆然《ぼうぜん》とする料理長に向かって、店員さんが明るく言った。

「でも店長！　行方《ゆくえ》を心配していた想《おも》い人が無事だと分かったうえに、居場所まで知ることが出来て最高じゃないですか！」

その明るい声と前向きな言葉に弾《はじ》けるような笑顔《えがお》を見て、料理長もはにかんだ笑顔になった。

「そうだね。とにかくシャーロットが無事でよかった。それにソフィア様のお屋敷で働いているなら、きっと幸せだろう」

「そうですよ！　なんなら今度のお休みに会いに行ったらどうですか？」

「そ、そ、そ、そんな急にな、な、なんて！　私めにも、こ、こ、こ、心のじ、じ、準備というものが……」

店員さんと料理長のやり取りを見て、私はとても微笑《ほほえ》ましい気持ちになったのよね。

……だけど、シャーロットの心には、ずっと私のお父さまが……。

そんな思いが一瞬《いっしゅん》心をよぎったけれど、私はその気持ちにそっと蓋《ふた》をした。

だって、ここから先は、料理長の、シャーロットの、それぞれの物語だから。

私とルイスの物語がハッピーエンドのその後もずっと続いていくように、他《ほか》の誰かの物語も私の知らないところでずっとずっと続いていくのだわ。


「ルイス様。マーガレット様。おかえりなさいませ」

とても長く感じたけれど、日数にすると短かった旅を終えてモーガン伯爵《はくしゃく》家に辿《たど》り着いた私達を迎《むか》えてくれたのは、モーガン伯爵家の執事《しつじ》の温かい言葉だった。

「坊《ぼっ》ちゃん。マーガレット様。おかえりなさい」

「「おかえりなさいませ」」

執事に続いて、メイド長やアンナ達使用人の皆《みんな》も私達を迎えてくれた。

「ルイス。マーガレットさん。おかえり。オルタナ帝国《ていこく》の妖精《ようせい》の愛し子が偽物《にせもの》だったことは聞いている。大変だったな。今日はゆっくり休みなさい」

「マーガレットちゃんおかえりなさい。長旅で疲《つか》れたでしょう？　今日はゆっくり休んでね。

今度ゆっくりオルタナ帝国でのお話を聞かせてくれたら嬉しいわ」

ディナーの席では、ルイスのお父様とお母様にも優《やさ》しい言葉をかけていただいた。

「マーガレット。疲れていませんか？」

自室のソファーで、ルイスと並んで紅茶を飲んでいる時に優しい声でルイスが聞いてくれた。

ルイスはいつだって私の体調や心を一番に気遣《きづか》ってくれる。

「身体《からだ》は疲れているけど、心はとても充実《じゅうじつ》しているの」

私の言葉にルイスは優しく微笑んだ。

（私たちも心が充実してるのー）

（ソルト王国ただいまー）

（ただいまの挨拶《あいさつ》に国中に眼鏡を降らせてやろうか）

「みんと様。眼鏡はとても繊細《せんさい》な物なので決して空から降らせたりはしないでください。眼鏡の取り扱《あつか》いは慎重《しんちょう》でなければいけないのです」

（むむっ。では大地から眼鏡を生やしてやろうか）

「みんと様。土で眼鏡が汚《よご》れたら前が見えなくなってしまうので大地から生やすのも控《ひか》えてください」

（むむっ。眼鏡がそんなに奥が深いとは）

ルイスの真面目《まじめ》すぎる回答に、みんとが真剣《しんけん》に考え込み始めた。そんなみんとを見て、くっきーとしょこらが楽しそうに笑った。

（みんとがめがねに負けてるー）

（めがねの眼鏡をずらしちゃおー）

ルイスの眼鏡がズレて、それをドヤ顔なるものでくいっと直すのを見て、妖精さん達は楽しそうに三人でパタパタ飛び回った。

「マーガレット？　なんだかとても嬉《うれ》しそうですね」

「ええ。くっきー、しょこら、みんとの皆が帰ってきたんだって実感して嬉しくなってしまったの」

ルイスは優しく私の頭を撫でた。

「マーガレットに笑顔が戻《もど》ってとても嬉しいです」

「それに、モーガン伯爵家に帰ってきて、皆に『おかえり』と迎えていただけることがとても幸せだったの」

「『おかえり』が、ですか？」

「……私にはずっと『おかえり』と言ってくださる人はいなかったから」

「……マーガレット」

「だから、それだけで私はとっても幸せなの」

「僕は、これからずっとマーガレットに『おかえり』と言い続けます。マーガレットが帰ってくる場所はいつだって僕の隣《となり》であってほしいと、そう願っています」

「ルイス。……ありがとう」

「結婚《けっこん》してから毎日マーガレットに『いってらっしゃい』と見送りをしていただいて、『おかえりなさい』と迎えていただくことが、僕にとっても、とても幸せなことなのです」

ルイスの優しい笑顔と、穏《おだ》やかな声で、私の心はきっと限りなく満たされていた。

（久しぶりのめがね屋敷を探索《たんさく》するのー）

（このお屋敷のお庭にもショコラの実を埋《う》めちゃう？）

（ただいまの気持ちを全員に伝えてやろうか）

妖精さん達は楽しそうにパタパタダンスをしながらお部屋から出て行った。

ルイスはまっすぐに私を見つめて、私もルイスをまっすぐに見つめ返した。そして、引き寄せられるように、私達の唇《くちびる》が重なった。

結婚式のその後で、初めての口づけをした時と同じように。何度唇を重ねても慣れることなく、そのとても幸福な感触《かんしょく》に、私の胸は今日も甘く高鳴った。

お母さまがお亡《な》くなりになってから、独りぼっちだと思い込んでいた私の周りには、本当は私が気付かなかっただけで温かい愛情が確かにあった。シャーロットが、料理長が、レオナル

ド殿下《でんか》が。そこには確かに温《ぬく》もりがあった。

ソフィア様と出会って、カナン様と再会して、ルイスと話をして、私の世界は少しずつ広がっていった。

ルイスと結婚して新しい家族ができた。

お父さまと視線を交《か》わして微笑みあうことができた。

だから、私は、お母さまと二人だけの秘密を、ずっと誰《だれ》にも打ち明けることのできなかったその秘密を、大切な人に伝えることができた。

『特別な力は、あなたを守ってくれるとても強い味方にもなるけれど、あなたを利用したり、傷つけたりするきっかけにもなるの。だから、いつか、妖精の愛し子だからではなく、マーガレット自身を見つめて、愛してくれる人が現れるまでは、お母さまとの秘密にしましょう』

私の周りには、私自身を見つめてくれる人達がたくさんいてくれたことに、やっと気付くことができたから。

きっとこれからも私の人生が続いていく限り、嬉しいことや幸せなことだけではない様々なことが起こるだろう。だけど、その一つ一つを一緒《いっしょ》に受け止めてくれる大切な人達がいるから。
きっとどんなことだって私は乗り越《こ》えていけるのだと、そう信じられるの。

～　happily ever after　ずっと幸せに　～

あとがき

本作をお読みくださいましてありがとうございます。桜井《さくらい》ゆきなと申します。

皆様《みなさま》とまたお会いすることが出来て本当に嬉《うれ》しいです。まさか二巻まで書籍《しょせき》化していただけるなどと、本作をWEBで連載《れんさい》していた約二年前の私は想像すらしていませんでした。すべては、この作品をお手にとってくださいました皆様のおかげです。

二巻の表紙を初めて見た時に、マーガレットが本当に幸せそうに笑っていたのが嬉しくて泣きたい気持ちになりました。とても素敵なイラストで大切な登場人物達を輝《かがや》かせてくださいました白谷《しろや》ゆう先生、ありがとうございます。

また、一巻の時からずっと未熟な本作を導いてくださいました担当様、編集部の皆様、デザイナー様、校正様、印刷所の皆様、この本の製作に携《たずさ》わってくださいましたすべての皆様に心から御礼《おれい》申し上げます。

そして、一巻発売当日に書店に足を運んでくださいました上司、書籍化を自分のことのように喜んでくれた友人達、変わらず私を見守ってくれた家族にも感謝を伝えさせてください。

本作の一巻は、WEBで連載していたものを加筆修正したものでした。ただ、ラストはどちらも同じ結末となっております。一巻の時点では私の中でマーガレットとルイスの物語は『ハッピーエンドのその後も人生は続いていく』で完結していました。それでもハッピーエンドのその後のマーガレット達が過ごす人生を、きっと幸せな、妖精《ようせい》さん達と過ごす明るい未来を、想像したら書きたい気持ちが抑《おさ》えられませんでした。私の書きたい気持ちを飛び越《こ》えて、妖精さん達は自由に飛び回ってくれたので、二巻を執筆《しっぴつ》していて本当に楽しかったです。

私は、小説を執筆する時にはいつも願いを込めています。どうか、誰《だれ》かの心に届きますように、楽しんでもらえますように、と。

もしも、この作品が皆様の心にほんの少しでも響《ひび》いたのなら、願いの叶《かな》った私はとても幸せです。

本当にありがとうございました。

桜井ゆきな

BEANS BUNKO

「義妹が聖女だからと婚約破棄されましたが、私は妖精の愛し子です2」の感想をお寄せください。
おたよりのあて先
〒102-8177　東京都千代田区富士見2-13-3
株式会社KADOKAWA　角川ビーンズ文庫編集部気付
「桜井ゆきな」先生・「白谷ゆう」先生
また、編集部へのご意見ご希望は、同じ住所で「ビーンズ文庫編集部」
までお寄せください。

義妹《ぎまい》が聖女《せいじょ》だからと婚約破棄《こんやくはき》されましたが、
私《わたし》は妖精《ようせい》の愛《いと》し子《ご》です2

桜井《さくらい》ゆきな

角川ビーンズ文庫　22985

令和4年1月1日　初版発行

発行者――――青柳昌行
発　行――――株式会社KADOKAWA
〒102-8177　東京都千代田区富士見2-13-3
電話 0570-002-301（ナビダイヤル）
印刷所――――株式会社暁印刷
製本所――――本間製本株式会社
装幀者――――micro fish

ISBN978-4-04-111981-5C0193 定価はカバーに表示してあります。
◇◇◇

Story in Another world
異世界に救世主として喚ばれましたが、アラサーには無理なので、ひっそりブックカフェ始めました。
和泉杏花《いずみきょうか》
イラスト/桜田霊子《さくらだれいこ》
異世界を救うなんてムリ！
……なので趣味に本気出します。
シリーズ好評発売中！
裏サンデー女子部 × KADOKAWA女子ノベル部 × pixiv
第1回異世界転生・転移マンガ原作
コンテスト〈優秀賞〉受賞作！
神様に救世主のひとりとして異世界へ送られたツキナ。
世界を救うのは他の若い救世主にお任せして、
私はブックカフェを開いて趣味に生きます！
けれど客として訪れた騎士団長・イルとの出会いで
穏やかな生活に波乱が!?

角川ビーンズ小説大賞
原稿募集中！
君の"物語"がここから始まる！
角川ビーンズ
小説大賞が
パワーアップ！
https://beans.kadokawa.co.jp
詳細は公式サイトでチェック!!!
【一般部門】&【WEBテーマ部門】
賞金 大賞 100万円
優秀賞 30万円
他副賞
締切 3月31日
発表 9月発表(予定)
イラスト／紫　真依